올해 1학년 3반은 달랐다

올해 1학년 3반은 달랐다

초판 1쇄 인쇄 | 2023년 3월 30일
초판 4쇄 발행 | 2024년 4월 5일

지은이 | 소향·범유진·이필원·임하곤
펴낸이 | 박영욱
펴낸곳 | 북오션

주 소 | 서울시 마포구 월드컵로 14길 62 북오션빌딩
이메일 | bookocean@naver.com
네이버포스트 | post.naver.com/bookocean
페이스북 | facebook.com/bookocean.book
인스타그램 | instagram.com/bookocean777
유튜브 | 쏠쏠TV·쏠쏠라이프TV
전 화 | 편집문의: 02-325-9172   영업문의: 02-322-6709
팩 스 | 02-3143-3964

출판신고번호 | 제 2007-000197호

ISBN 978-89-6799-754-0 (43810)

올해
1학년 3반은
달랐다

소 향
범유진
이필원
임하곤

'백 미터 달리기를 막 끝낸 것처럼 가슴이 마구 두근거렸다.'

새로운 시작 앞에 설레고 불안해하는
중학교 1학년을 응원해!

☆ Bookocean

차례

하나중 도시농부 고백사건

소향

5월 14일 목요일 방과 후

아마 2분 16초쯤 되었을 것 같다. 도시농부 텃밭 옆 창고에서 캐비닛 문을 연 뒤부터 내가 마네킹처럼 굳은 자세로 서 있는 시간 말이다.

내가 다니는 하나중학교는 교육열로 손꼽히는 동네에 있어 학생 수가 많기로 유명한데, 이런 하나중에서 항상 인원수를 채우지 못하는 동아리가 바로 '도시농부'다. 말그대로 도시의 땡볕에서 농사짓는 동아리니 낭연히 기피대상일 수밖에. 하지만 교장 선생님의 최애라 적어도 쌤

퇴임 전에는 없어질 가능성이 없을 듯하다.

동아리 텃밭 옆에는 전용 창고가 있다. 창고 문을 열고 들어가면 바로 마주 보이는 벽에 삽과 곡괭이가 각 잡힌 군인처럼 줄을 맞춰 서 있고 오른쪽 벽에는 호미와 밀짚모자, 돌돌 말린 초록색 호스 따위가 격자 모양의 커다란 철망에 걸려있다. 나무 상자, 조리개, 비료 등 덩치가 큰 것은 바닥에 쌓여 있고 왼쪽 벽 가장 어두운 구석에 문제의 캐비닛이 서 있다.

커다란 철제 캐비닛은 겉모습만 봐도 일생을 짐작할 수 있었다. 옥색 페인트는 여기저기 벗겨져 있고, 분노한 누군가의 펀치를 맞았는지 찌그러진 곳도 여러 군데였다. 수십 년 동안 교무실의 터줏대감 노릇을 톡톡히 해오다 인터넷과 나이스 시스템의 등장에 갈 곳을 잃고 방황하던 캐비닛은 이곳에서 다시금 존재감을 찾았을 터였다.

캐비닛의 연식은 잠금장치에서도 드러났다. 오른쪽 왼쪽으로 번갈아 가며 숫자를 세 번 맞춰야 하는 다이얼은 성격 급한 사람을 숨넘어가게 만들어서 도시농부 부원 중 그 세 개의 숫자를 외우고 활용하는 학생은 절반도 되지 않았다. 정확하게는 일곱 명 중 나를 포함한 세 명뿐이다.

나는 오늘 원수 같은 박철용의 훼방으로 급식을 제대로 먹지 못했고 그 결과 수업이 끝날 때쯤엔 자연스럽게 캐비닛 안에 비치된 비상식량이 떠올랐다. 며칠 전 봤던 초코바가 아직 남아 있을까?

다급하게 캐비닛을 열었다. 그런데 내 눈에 맨 처음 들어온 것은 비상식량이 아닌 크리스티나였다. 캐비닛 안에 차곡차곡 놓인 전지가위나 펜치, 목장갑 등과 참으로 어울리지 않는 겹겹으로 잎이 풍성하고 탐스러운 연분홍빛 장미. 다른 건 그저 빨강, 노랑, 하양 장미로 불리지만 이 꽃만은 부원들이 모두 이름을 알고 있다. '크리스티나' 또는 '퀸 오브 스웨덴'이라 불리는 두 개의 이름을 가진 장미다. 부원 모두 정확한 이름을 아는 까닭은 교장 쌤 때문이다. 교장 쌤이 죽어라 아끼는 꽃이니까. 아마 전부 몇 송이인지, 간밤을 무사히 보냈는지 아침마다 셀지도 모른다.

장미는 신선도로 보아 꺾은 지 얼마 되지 않아 보였다. 은색 빵 끈으로 묶은 솜씨가 매우 어설펐지만, 물기를 머금은 싱싱한 장미는 각종 연장에 대비되어 미칠 듯 아름답다 못해 슬퍼 보이기까지 했다.

그래, 장미 꽃다발이 캐비닛에 들어있을 수는 있다. 세상에 별일이 다 있는데 이 정도쯤이야. 내가 얼어붙은 건 그 때문이 아니고 꽃다발에 꽂혀 있는 작고 귀여운 카드 때문이었다.

민지야.♡
크리스티나보다 네가 더 예뻐.

태어나 처음 느껴보는 기분 좋은 긴장감이 온몸을 휘감았다. 실제로 마주한 강렬하고도 낯선 느낌을 세포핵 깊숙이 저장하고 싶었던 걸까? 나도 모르게 한동안 꼼짝할 수가 없었던 것이다.

내 이름 옆에 정성 들여 하트를 그리고 내가 장미보다 더 예쁘다니. 그러니까 나는 태어나 처음으로 고백이란 걸 받은 것이다. 드라마에서만 보던 일이 내게도 일어났다. 하지만 익명 고백이라 도무지 누구인지 짐작이 가지 않았다. 크리스티나보다 내가 더 예쁘다는 그 애는 누구일까? 교장 쌤한테 들켜도 상관없을 정도로 내가 좋다는 걸까? 왜 톡이나 DM이 아니라 이런 고전적인 방식으로 고백한 걸까? 창고에 내가 올 거란 건 어떻게 알았을까? 온갖 의문이 머릿속에서 휙휙 날아다니는 그때, 귓가에 누군가의 목소리가 들렸다.

"헐. 고백받은 거?"

6반 장멜로디였다.

"아, 아니야."

"누구 같아?"

"뭐가?"

"고백. 누가 한 거 같냐고."

"고백은 무슨……."

"너 오늘이 무슨 날인 줄 몰라?"

"모르는데?"

"오늘 로즈데이잖아. 좋아하는 사람한테 장미꽃 주는 날. 너 고백받은 거 맞아."

그즈음 나는 뒤늦게 밀려온 깨달음에 흠칫했다. 멜로디

와 내가 이런 대화를 나눌 사이였던가? 같은 동아리지만 입학식 그 사건 이후 지금까지 말 한마디 제대로 해본 적이 없는데. 하지만 멜로디가 이어서 내뱉은 말을 듣고는 왜 나에게 말을 걸었는지 짐작할 수 있었다.

"설마, 김동하는 아니겠지?"

3월 2일 월요일 아침

앞머리에 말았던 롤을 빼서 던져버리고 다시 전신 거울 앞으로 갔다. 엄마와 합의 본 교복 치마 길이가 아무래도 마음에 들지 않았다. 그렇다고 허리를 한 번 접으면 너무 짧아져 그러기도 망설여졌다.

"얼른 나와! 입학식 늦겠다."

거실에서 엄마의 조급한 목소리가 들려왔다.

"금방 나갈게!"

오늘은 일단 치마를 접지 않기로 했다. 중학교 첫날부터 일진 선배들에게 찍히기라도 하면 곤란하니까.

어린이를 벗어나 드디어 진정한 십 대로 인정받는 시작점인 중학교 입학식. 하지만 하나도 설레거나 기대되지 않는다. 기대는커녕 너무 짜증이 나서 결국 어젯밤 자기 전 펑펑 울고 말았다. 그 바람에 아침에 일어나 보니 쌍꺼풀이 풀려서 눈 크기가 절반으로 줄어들었다. 참았어야 했는데…….

짜증의 원인은 딱 한 가지다. 성모여중이 아니라 하나중학교에 입학하게 된 것.

나에게 신학기는 늘 어렵고 긴장되는 시기다. 한번 친구를 사귀면 오래 가지만 그 시작이 어렵기 때문이다. 다행히 6학년 때는 5학년부터 친했던 재은이와 연우가 있어서 좋았다. 하지만 지나고 보니 그게 꼭 좋은 것만도 아니었다. 초등 고학년 시기에 셋이서만 똘똘 뭉쳐 다녔는데 재은이와 연우는 성모여중으로, 나만 하나중으로 배정받게 될 줄 누가 알았을까. 이건 새 학년으로 올라갈 때의 긴장감과는 차원이 달랐다. 아예 학교가 바뀌는 거니까.

우리 동네에는 성모여중과 남녀공학인 하나중이 있다. 여중이 있다 보니 하나중은 성비 균형이 맞지 않았다. 전교생 중 여학생이 삼분의 일밖에 되지 않는 것이다. 그러니 우리 셋 중에 둘은 성모여중으로, 한 명은 하나중으로 배정받는 것이 확률상으로는 맞다. 문제는 그 한 명이 왜 하필 나냐는 것이다.

게다가 하나중은 좋지 않은 소문이 끊이지 않았다. 일진이 많다, 이유 없이 후배들을 괴롭히는 선배가 많다, 수업 분위기는 엉망인데 특목고 준비하는 애들이 많아서 자괴감을 달고 살아야 한다, 급식이 개밥만도 못하다 등등. 하나중 브이로그를 봐도 좋은 내용은 거의 없었다. 당연히 이 근처 여자애라면 열에 여덟은 성모여중에 가길 희망했다. 하나중에 가고 싶어 하는 애들은 여자애들 사이의 신경전이 싫어서 남녀공학에 가려는 애들이 대부분이었다. 그런 애들은 친구가 없어도 타격이 없을지 몰라도 나는 아니다. 나는 모두와 친하게 지내지 않을 뿐, 소수의 친구와 깊은 친밀감을 나눌 때 행복을 느끼는 지극히 평범한 아이니까. 그러니 남자애들이 우글거리는 하나중에서 보낼 삼년을 생각하면 한숨이 저절로 나왔다. 여자애들은 한 반에 많아야 열 명 정도고 서너 개의 그룹으로 나뉠 것이 분명한데 그중 어디에도 끼지 못한다면? 정말 생각하기도 싫다.

엄마와 함께 집을 나섰다. 아파트 정문에 철용이와 철용이 엄마가 서 있었다. 철용이 엄마는 우리 엄마의 초, 중, 고 동창이다. 그런데 그녀들의 자식들까지 초등학교, 중학교 동창이 되었다. 우리 둘 다 하나중에 배정받은 걸 알게 된 날, 엄마들은 고등학교도 동창으로 만들자며 환하게 웃었다. 하지만 그럴 일은 절대 없을 거다. 난 기필코 여고에 가고 말 거니까. 고개를 슬쩍 돌리며 철용이 엄마에게 인사했다.

"이모, 안녕하세요."

"어머, 민지야. 너 눈이 왜 그러니? 못 알아볼 뻔했네. 그럴 때는 얼른 숟가락 얹어 놓으면 직방인데."

아무 말 못 하고 우물쭈물하는데 철용이가 갑자기 소리를 질렀다.

"앗, 엄마 때문에 나 지금 상상해 버렸어. 파리 인간."

엄마들만 아니면 한 대 쳤을 텐데 그럴 수가 없어서 저혼자 껄껄 웃어대는 철용이 옆구리를 몰래 꼬집었다. 철용이가 소리 없이 아우성을 쳤다. 얘는 왜 매번 매를 버는 걸

16

까? 학습력이 제로에 가깝다.

철용이 엄마와 함께 앞서가던 엄마가 갑자기 우뚝 멈추어 섰다.

"엄마, 왜 그래?"

"아무래도 구두를 바꿔 신고 와야겠어. 옷하고 안 어울려."

"누가 엄마 구두를 본다고."

"왜 안 보니? 철용이랑 먼저 강당 가 있어. 엄마가 도착하면 톡 할게."

철용이랑 철용이 엄마랑 셋이 학교에 가라고? 그건 그림이 너무 어색하다. 나는 도로 집으로 뛰어가는 엄마의 뒷모습을 힐끗 보며 말했다.

"이모, 철용이랑 먼저 가세요. 저 엄마 기다렸다 같이 갈게요."

"그럴래? 입학 축하한다, 민지야."

그런데 그때, 초등학교 때 툭하면 나에게 장난치던 쪼그마한 남자애가 하나중 쪽으로 뛰어가면서 소리쳤다.

"와! 김민지! 신랑이랑 시어머니랑 같이 있네!"

하나중을 좋아할 수 없는 이유 하나가 또 추가되었다.

저 유치한 애를 삼 년이나 더 봐야 한다니. 나는 이모 몰래 3초 동안 철용이를 째려보며 눈으로 메시지를 보냈다. 메시지의 내용은 대략 '너는 그 덩치 뒀다가 어디다 쓸래. 가만히 있지만 말고 쫓아가서 저 자식 밟아버리라고. 안 그러면 내가 너 죽인다.'였다.

철용이와 이모를 먼저 보내고 하나중으로 향하는데 저만치 앞서가는 재은이와 연우의 뒷모습이 보였다. 멀리서 봐도 둘에게서는 설렘과 기대가 한껏 뿜어져 나오는 것 같았다.

기분 탓일까. 학교가 갈라지고 나서는 친구들과 연락 횟수가 부쩍 줄었다. 어쩌면 당연한 일이었다. 교복을 맞추러 갈 때도, 성모여중에 다니는 친한 언니를 만나 정보를 들을 때도 하나중에 가는 내가 거기 낄 수는 없으니까. 나는 일부러 걸음을 늦추어 천천히 걸었다.

강당 입구에 도착하니 안내문이 보였다. 먼저 강당에서 입학식을 치르고 교실로 가서 담임 선생님을 만난다고 했다. 줄 맞춰 늘어져 있는 의자마다 반과 이름이 적힌 종이가 한 장씩 붙어있었다. 내가 좀 늦은 편인지 벌써 대부분

자리에 의자의 주인이 앉아 있었다.

내 자리를 찾아 앉은 다음 엄마에게 톡을 보내고 있을 때였다. 옆에 앉아 있던 옆 반의 어떤 여자애가 내 어깨를 톡톡 쳤다.

그 애는 피부가 희고 키도 큰데 뼈대는 가늘어 전체적으로 여리여리하고 청순했다. 얼굴도 무척 작았다. 한마디로 여신이었다. 거기다 치마는 짧고 라푼젤처럼 구불거리는 긴 웨이브 머리를 풀어헤치고 있어서 너무나 눈에 띄었다. 이런 머리를 하고 학교에 오다니. 애는 일진이 무섭지 않은 걸까? 아니면 혹시 애가 일진? 그런데 가만 보니 좀 낯이 익었다. 분명히 어디선가 본 것 같은데.

"저기, 나랑 자리 좀 바꾸자."

"자리를? 왜?"

"오늘의 운세를 봤더니 해 뜨고 나서 동쪽에 나타나는 미인도가 귀인이라고 하더라고. 아까는 무슨 말인지 몰랐는데 너를 보자마자 딱 알겠더라. 네가 앉아 있는 자리가 내 서쪽이거든. 그러니까 입학식 할 동안만이라도 나랑 자리 바꿔 앉자."

미친 건가 싶었다. 기가 차서 대꾸도 하지 않고 고개를 돌려버렸다. 그러자 이번에는 내 팔까지 잡아 흔들며 졸라댔다.

"우리가 몇 반인지 어떻게 알겠어. 응? 어려운 거 아니잖아. 너 신윤복 미인도에 나오는 여자하고 진짜 닮았어. 볼 통통하고 쌍꺼풀 없고."

내가 제일 듣기 싫어하는 말을 아무렇지 않게 던지는 저 길쭉한 애를 정말 때리고 싶었다. 나는 팔을 홱 뿌리치며 말했다.

"나 원래 쌍꺼풀 있거든."

그러자 그 애가 내 얼굴을 빤히 보더니 말했다.

"아! 수술이 잘못된 거야? 그럼 됐어."

나는 결국 분노를 참지 못하고 큰 소리를 내고 말았다.

"야! 너 미쳤어?"

그런데 하필 그때 웅성거리던 강당이 순식간에 조용해져 반경 10m 안에 앉은 아이들의 이목이 일제히 나에게 집중되고 말았다. 사실 그렇게 큰 소리는 아니었다. 하지만 타이밍이 문제였다. 교장 선생님이 막 입장하는 순간에 내가 미쳤냐고 소리친 것이다. 그런데 설상가상으로 톡 알림까지 울렸다. 핸드폰을 무음으로 한다는 걸 깜빡하다니. 엄마에게서 온 톡이었다.

'우리 딸 너무 튄다.'

튀는 건 내가 제일 싫어하는 건데 저 길쭉한 애 때문에 중학교 첫날부터 완전히 망했다. 그런데 그때 그 애가 누군지 생각났다. 작년에 오디션 프로그램 '방과후 하트'에 나왔다가 초반에 탈락했던, 아빠가 중국 한족이라 키가 크다고 말했던 애. SPY 연습생 장멜로디였다.

나는 벌게진 볼을 두 손으로 식히면서 평생 멜로디의 안티팬이 되겠다고 결심했다.

3월 20일 금요일 저녁

신입생의 새 학기는 정신을 차리지 못할 정도로 빠르게 흘러갔다. 나는 아직 뚜렷하게 그룹에 끼지도 친구를 만들지도 못했다. 벌써 그룹을 이룬 여자애들을 보면 초조해졌다. 아, 망할 신학기.

3월 20일 금요일 저녁 6시 5분 전. 나는 6시 정각에 시작되는 동아리 신청을 위해 만반의 준비를 하고 기다렸다. 동아리라도 꼭 좋은 곳에 들어가야만 한다.

하나중은 학교에서 지정한 사이트에 접속해서 선착순으로 동아리를 신청한다. 방송부나 댄스부는 오디션을 봐야 해서 포기했고, 웹툰부 같은 인기 동아리는 금방 마감된다는 말을 들어서 일찌감치 제외했다. 나는 1순위로 영화제작부, 2순위 영자신문부, 3순위 오케스트라를 골라 놓고 마우스 위에 손을 올렸다. 당연히 로그인도 미리 해놨다.

6시 땡! 하는 순간 영화제작부 신청 버튼 위에 올려진 마우스 커서를 클릭했다. 그런데 이럴 수가. 아무리 클릭해도 클릭이 되질 않았다. 너무 당황스러워 서둘러 새로고침을 했다. 하지만 접속자가 갑자기 몰려서인지 하얀 모니터 화면 한가운데 작은 동그라미만 제자리에서 뱅뱅 돌았다. 다시 한번 새로고침을 하자 그제야 로그인 화면이 떴다. 서둘러 재접속했지만 그새 영화감상은 물론이고 웬만한 동아리들은 이미 마감된 뒤였다. 나는 아직 신청 버튼이 유효한 동아리 중에서 얼른 독서부를 눌렀다. 그러나 그마저도 실패했다.

남은 동아리는 이제 두 개. 등산부와 도시농부가 남았다. 등산을 할 것이냐, 텃밭을 일굴 것이냐. 고민 끝에 산에 가는 것보다는 그래도 학교 안에 있는 게 낫지 않을까 싶어 '도시농부'를 신청했다. 그때는 몰랐다. 도시농부가 전교에서 가장 기피하는 동아리라는 것을.

주말이 지나고 며칠 후, 첫 동아리 시간이 되었다. 부원으로 어떤 애들이 왔을지 떨리는 마음을 안고 동아리방으로 향했다. 한 명쯤은 잘생긴 애가 있을지도 모른다는 기대를 품고서. 그런데 정말 있었다. 그것도 김동하가!

김동하는 한마디로 엄친아다. 저세상에서 온 듯한 외모에 큰 키, 말도 안 되는 신체 비율, 거기다 모두에게 친절하고 절대 욕도 하지 않았다. 김동하는 중학교 입학에 맞춰 다른 지역에서 이사 와서 처음에는 아는 애가 한 명도 없었다. 하지만 오자마자 좋다는 여자애가 우리 반에서만 다섯 명이나 생겼다. 우리 반 여자애 중에서 절반이 좋아한다고 말한 것이다. 나까지 합치면 여섯 명이 되어버리지만, 아직은 아무에게도 말하지 않았다. 정확하게는 말할 친구가 없는 거지만.

나는 예전부터 인기가 많은 애한테는 이상하게 거부감을 느꼈다. 드라마고 패션이고 남들이 모두 좋아하는 건 이상하게 내 것 같지가 않았다. 이런 걸 취향이 마이너하다고 하던데. 하지만 김동하는 그 수준을 뛰어넘는 애였다. 나도 하루가 다르게 김동하가 좋아지는 중이었다. 너무 잘난 애라 나랑 잘될 리가 없으니까 애써 아닌 척할 뿐.

"뭐, 도시농부가 뭐 하는 동아리인지는 이름만 들어도 알 테고. 우리 교장 선생님은 아주 인자하시고 훌륭한 분이시다. 그런데…… 농사의 교육적 효과에 대해 지나치게 굳은 믿음을 가지고 계신다. 그래서 도시농부에 관심이 아주 지대하시지. 사실 우리 동아리에서 제일 고생하는 사람은 바로 나야. 너희들이 대충하면 내가 퇴근도 못 하고 밭일해야 한다는 것만 알아둬. 쌤도 데이트도 하고 장가도 가야 하는데. 아무튼지 간에 우리 동아리는 그냥 동아리가 아니란 것만 알아두길 바란다. 이상."

쌤의 말에서 뭔가 싸한 기운이 본능적으로 느껴졌다. 고생길이 열렸구나 하는 느낌이었다.

지도 교사인 서영구 쌤은 사십 대 초반의 1학년 체육 담당이다. 별명은 제로나인인데 내 생각엔 별명이 잘못 지어졌다. 마동석이 딱인데.

곧 부원들의 자기소개가 이어졌다. 부원은 모두 일곱 명이었다. 맨 처음 김동하가 자기소개를 했다. 말수는 적지만 김동하의 목소리는 환상이다.

"저는 김동하입니다. 환경과 식물에 관심이 많아서 도시농부에 들어왔습니다. 잘 부탁합니다."

두 번째는 재수 없는 장멜로디. 멜로디가 긴 웨이브 머리를 한 번 흔들더니 말했다.

"안녕? 나는 장멜로디."

설마 이게 끝? 오디션 프로그램 초반에 탈락한 주제에 연습생이니 긴 소개 필요 없다는 건가.

그다음에는 왜 여기 왔는지 모르겠는 박철용이었다. 정글 같은 하나중에서 나에게 유일하게 만만한 엄친아. 다른 뜻 없이 글자 그대로 엄마 친구 아들.

"철용이는 어떻게 들어오게 됐는지 궁금하구나."

"비밀이에요. 쌔앰……."

영구 쌤의 질문에 철용이는 볼까지 발갛게 물들이며 말끝을 흐렸다. 낯가림은 철용이의 고질병이다. 덩치는 커다란 게 어울리지 않게 수줍음까지 많아서는. 애가 저래서 철용이 엄마가 어릴 때부터 얼마나 걱정이 많았는지 모른다. 어려서는 울기도 많이 울었는데, 좀 컸다고 이제 그러지는 않아서 그나마 다행이었다.

이어서 강태은과 황민하의 소개도 이어졌다. 강태은과 황민하는 절친 사이로 같은 동아리를 하려고 들어온 것으로 보였다. 강태은은 성격이 무척 좋아 보였다. 대개 저렇게 붙어 다니는 아이들은 둘만의 철옹성을 치기 마련인데 강태은은 그렇지 않고 나에게 이것저것 많이 물었다. 아! 강태은과 황민하가 우리 반이었다면 얼마나 좋았을까.

마지막은 2학년 정예찬 선배였다. 영구 쌤이 몹시 반가워하며 말했다.

"오! 유일한 2학년 정예찬. 2학년이니 분명 도시농부에 관심이 있어 들어온 거겠지?"

만사 귀찮다는 표정의 예찬 선배는 사춘기의 절정을 헤매고 있음이 분명해 보였다. 예찬 선배가 잠깐 망설이더니 입을 열었다.

"쌤, 저 며칠 전에 전학왔어요. 담임 쌤이 동아리 남은 데가 여기밖에 없대서요."

멜로디가 픕 하고 실소를 터트리자 영구 쌤은 목소리 톤을 높이며 엉뚱한 소리를 했다.

"자! 부장을 뽑아야 하는데 어떻게 할까. 투표할까?"

김동하가 기다렸다는 듯이 손을 들면서 말했다.

"선생님, 모두 괜찮으면 제가 부장을 해도 될까요?"

"네. 찬성이요."

멜로디의 말이었다. 다른 애들 다 별생각이 없어 보여 자연스럽게 김동하가 부장이 되었다.

"농기구를 꺼내거나 창고 출입할 땐 꼭 교무실에 있는 일지에 시간이랑 이름 쓰고 열쇠 가져가야 한다. 우리 동아리의 장점이 있다. 바로 간식이 풍족하다는 것이지. 매점이 없는 우리 학교에서 엄청난 메리트란 걸 잊지 마라. 언제든 출출하면 텃밭 옆 창고에 가서 자유롭게 먹어도 좋다. 그렇다고 다 먹어치우지는 말고."

"와! 간식 쌤이 사주시는 거예요?"

"아니, 교장 선생님이. 농사일이 좀 힘드냐."

그 순간 나는 진지하게 엄마한테 전학시켜 달라고 할까 고민했다.

다시, 5월 14일 목요일 방과 후

"김동하일 가능성이 있는 것 같냐고!"

멜로디의 재촉에 잊고 싶었던 3월 학기 초의 기억에서 순식간에 빠져나왔다. 그런데 아무리 김동하가 잘났어도 그렇지 명색이 연습생인 멜로디까지 관심 있을 줄은 몰랐다. 성격이야 내가 훨씬 낫지만, 외모로는 상대가 안 되는 멜로디까지 경쟁자면 어쩌자는 건지. 저절로 목소리에 날이 섰다.

"그걸 내가 어떻게 알아. 너 그럼 김동하 때문에 동아리 들어온 거야? 걔가 도시농부 신청할 줄은 어떻게 알고?"

"그건 영업비밀이지."

멜로디는 핸드폰을 꺼내며 엉뚱한 소리를 이어서 했다.

"생년월일시 말해 봐."

"뭐야. 너 폰 제출 안 했어?"

"제출용 폰은 따로 있어. 생년월일시 말해보라고. 네 애정운 한번 보게."

멜로디는 생각보다 더 또라이였다. 기가 막혀 혀를 차니 멜로디가 진지하게 말했다.

"이거 유료 사주 앱 중에서 이용료 제일 비싼 거야. 애정운을 알아야 누가 고백한 건지 찾을 때 방향 잡기가 쉬울 거 아냐."

"어이없다. 앱으로 보는 게 맞겠냐?"

"너 내 별명 아직 모르는구나."

"내가 그것까지 알아야 해?"

"훗. 나, 맨해튼 선녀 보살이야."

"거기서도 점을 봤다고?"

"그럼. 사주 덕에 연습생도 됐고 이만큼 이룬 거라고. 내가 '방과후 하트'에서 초반에 탈락했는데 어떻게 연습생이

된 줄 알아? 그날 오늘의 운세에 빨간색 옷 입고 가라고
나와서 그렇게 했더니 기획사에서 연락받은 거야. 탈락한
애 중에 기획사 들어간 거 나밖에 없는 거 알아? 입학식 날
내가 하자는 대로 했으면 너도 그런 망신 피했을 텐데."

"9월 13일 오전 9시 50분."

"음력? 양력?"

"양력."

"어디 보자, 어디 보오자."

멜로디의 하얗고 긴 손가락이 핸드폰 화면을 바쁘게 터
치했다. 이게 뭐라고 궁금한 걸 넘어 긴장되기까지 했다.
잠시 후 멜로디가 화면을 보여주며 말했다.

"좀 대박인데?"

나는 고개를 멜로디의 핸드폰 가까이 들이밀었다.

이번 주는 이성을 만나기에 최고로 좋은 운세가 들어있습니
다. 당신을 둘러싼 모든 기운이 운명의 상대를 만나도록 돕고
있습니다. 애정운 최상입니다. 당신 옆의 조력자에게 고마움
의 말을 잊지 말아야 할 것 같습니다. 의사소통 잘되고, 신뢰

감 있고, 자신의 일에 성실한 사람이 나타나게 될 것 같습니다. 만남의 시간이 아주 짧게 느껴지며 즐겁게 보낼 것입니다. 평소 자주 가던 편안한 장소를 택하는 게 좋습니다. 길한 시간대는 오전 10시 이후이며 2시 즈음이 가장 최고조에 이를 것입니다. 운명의 상대는 멀리에 있지 않습니다. 당신 곁을 맴도는 사람이 운명의 상대일 수 있습니다. 특히 금요일은 당신의 매력이 가장 발휘되는 날입니다.

"확실히 너한테 애정운이 있다. 금요일이면 내일이네. 이왕이면 내일 안에 찾는 게 좋겠는데?"

나는 크리스티나 다발을 다시 캐비닛에 넣고 잠갔다. 멜로디가 의아하다는 듯 물었다.

"꽃 안 가져가?"

"어. 내 것인지도 확실하지 않고."

"네 이름이 쓰여 있는데 뭐가 확실하지 않아."

"그렇다고 해도 직접 줄 용기도 없는 애는 싫어."

멜로디가 잠시 나를 빤히 바라보더니 말했다.

"가자."

"어딜?"

"교무실. 누가 창고 열쇠 빌려 갔는지 일지 찾아봐야지."

"나는 상관없다니까? 어째 이 일에 나보다 네가 더 관심이 많은 것 같다."

"난 알아야겠어. 누군지 꼭 밝혀내고 말 거야."

멜로디는 결의에 찬 목소리로 다짐하듯 대답했다. 그렇게 좋아하면 차라리 동하한테 직접 고백하지 그러냐고 말하려는데 나는 어느새 멜로디의 손에 잡혀 끌려가고 있었다.

교무실 문 바로 옆에는 각종 특별실 열쇠와 출입 일지가 걸려있다. 멜로디가 텃밭 창고 열쇠를 제자리에 걸고 일지를 폈다. 그러더니 핸드폰으로 오늘 기록이 적힌 부분을 사진 찍었다. 빛보다 빠른 손놀림이었다.

우리는 교무실을 나와 운동장 스탠드에 나란히 앉았다. 멜로디가 폰 화면을 보며 말했다.

"오늘 창고에 간 사람은 너까지 전부 다섯 명이야. 일단 너는 빼고 박철용, 1반 석효재, 김동하, 강태은. 아니, 뭐 한다고 이렇게 많이들 창고에 간 거야. 아무튼 이 중에 범인이 있어. 확실해."

"죄를 지은 것도 아닌데 범인이라니."

"교장 쌤한테는 대역죄인이지. 참 용기가 대단해. 크리스티나에 손을 대다니."

"하긴. 그런데 정말 이 중에 있을까?"

"그럼. 꽃 엄청 싱싱했잖아. 분명히 오늘 꺾은 거야. 여기서 강태은은 여자니까 빼고 세 명을 조사해보자고. 맨 처음에 이름 적혀 있는 박철용부터 할까?"

박철용, 아니 철순이라니. 그건 있을 수도 있어서도 안 되는 일이다. 더구나 철용이는 옳지 않은 반전의 대표적인 예시다. 야구 선수같이 생긴 애가 운동은 하나도 못하고 겁은 많으면서 그것도 모자라 늘 여자애들 틈에서 수다만 떠는데 그 박철순부터 하자고?

"철순이? 걘 아냐. 확실해."

"어떻게 확신해?"

"걔랑 나랑은 기저귀 시절부터 봤던 사이야. 남매나 마찬가지라고. 우리가 사귄다면 그건 근친상간이야."

내 말에 멜로디가 피식 실소를 짓더니 말했다.

"내가 보기엔 남매가 아니라 마님과 돌쇠 같던데."

"너희 아빠 외국인이라며. 그런데 어떻게 쓰는 어휘가 완전 조선 시대냐."

"미국 가기 전까지 부산 외할머니 손에서 커서 그래. 연습생 되려고 서울말 간신히 배웠어."

"미국에서는 얼마나 살았는데. 거기서 태어나고 자랐어?"

"아니, 4학년 때 일 년 살았어. 부산이 고향이야."

"겨우 일 년? 그럼 맨해튼 선녀 보살이 아니고 부산 선녀 보살이네. 너 영어는 잘해?"

"아니, 영어 극혐."

이야기를 하면 할수록 멜로디의 반전도 만만치 않다는 생각이 들었다.

멜로디가 철용이 다음에 이름이 적혀 있는 석효재를 손가락으로 가리키며 말했다.

"사실 나는 석효재라는 애가 제일 의심스러워. 일단 애부터 조사해보자."

일지를 보면 석효재는 오늘 오전 2교시 후 쉬는 시간에 텃밭 창고에 갔다.

"석효재가 왜?"

"모르겠어? 석효재는 동아리 부원이 아니잖아. 부원도 아닌 애가 창고에 왜 오냐고."

"그렇네. 진짜 수상하네. 아! 내가 아는 석효재가 맞다면 제발 걔는 아니었으면 좋겠는데. 진짜 성격 이상하다고."

"어쩌냐. 지금 용의자 1순위 같은데."

엄마 친구 아들 박철용, 초등학교 때부터 더러운 성격으로 유명했던 석효재, 그리고 누구나 좋아하는 김동하. 이 셋 중에 나에게 익명 고백한 애는 누구일까?

이상하게도 김동하가 아닐까 하는 생각이 조금 들었다. 그랬으면 하는 희망 사항 때문이 아니라 나름 합리적 근거가 있다. 석효재는 인간 자체를 싫어하는 애고, 철용이는 저도 제정신이면 그럴 리가 없다. 그리고 꽃을 꺾어 고백하는 고전적인 방식을 쓸만한 애는 모범생 김동하 말고는 떠오르지 않았기 때문이다. 하지만 자연을 사랑하는 걸 넘어서 종교로 삼은 김동하는 꽃을 꺾을 애가 아닌데…….

아! 진짜 모르겠다. 머리가 터질 것 같았다.

나는 텅 빈 운동장을 바라보았다. 학교에 남은 아이들이 얼마 되지 않은 늦은 오후였다. 내 매력이 최고조에 이른다는 내일, 정말 우주의 기운이 용의자를 찾도록 도와줄까?

5월 14일 목요일 저녁

저녁에 학원 숙제를 하고 있을 때였다. 갑자기 톡 알림음이 끊이지 않고 울렸다. 담임 쌤이 없는 우리 반 단톡방에서 울리는 소리였다. 톡을 확인하고 기절할 뻔했다.

우리 반에 안휘민이라는 남자애가 지난주에 단톡에서 오유민을 좋아한다고 공개 고백을 했었다. 안휘민은 어느 무리에도 속하지 않으면서 항상 교실을 어슬렁거리고 다니고 눈치가 아예 없는 애다. 한마디로 찐따다. 눈치가 없으니 단톡에서 그런 짓을 하겠지.

아무튼 그래서 우리 반은 난리가 났고 그 일은 부풀려져서 둘이 사귄다고 다른 반까지 헛소문이 돌았다. 유민이는 귀여운 얼굴에 착한 성격을 가진 애였는데 화가 많이 나서 그날 이후 계속 얼굴을 일그러뜨리고 다녔다. 그런데 며칠 잠잠한가 싶더니 안휘민이 다시 한번 폭탄을 터뜨린 것이다. '여기까지 읽으셨습니다.' 바로 아래에 안휘민이 올린 시계 사진이 있었다. 문제는 그 사진 아래 안휘민의 톡이 가관이었다.

> 유민이랑 똑같은 시계 샀다.
> 미래에서 온 커플 시계

> 야! 좀 그만해.

> 안휘민! 커플은 혼자 하냐?

> 스토커냐?

> 유민이 넘 불쌍해

> 진짜 대단 대단

아이들의 질타와 야유에도 안휘민은 아랑곳없었다. 그리고 마지막 폭탄을 던졌다.

> 너희가 민성이랑 유민이랑 '유민성'이라고 엮었지? 두고 봐.
> 올해 안에 꼭 '유민휘민'으로 엮이고 말 테니까.

어이없어서 나도 한마디 보태려다가 쓰던 톡을 손가락으로 톡톡톡 지웠다. 안휘민은 유민이를 좋아하는 걸 숨기려 하거나 부끄러워하지 않는다. 나는 동하가 좋긴 해도 저렇게 자존심 접어가면서는 못할 것 같은데 조금은 대단한 것 같기도 하다. 물론 유민이가 싫다는데 저러는 건 좋은 방식은 아닌 것 같다. 당사자인 유민이가 곤란해하니까. 그런데 만약 나에게 고백한 애도 날 저 정도로 좋아하는 거라면 난 어떻게 해야 할까?

나도 미친 척 동하에게 고백해볼까 생각했다. 정말 동하가 나에게 장미를 준 걸지도 모르니까. 용기가 없으니 익명으로 고백한 걸 텐데 내가 먼저 좋다고 하면 동하 입장에서도 완전 해피엔딩이잖아. 점점 생각이 엉뚱한 방향으로 흘러가는데 철용이에게 메시지가 왔다.

안휘민 또 사고 쳤다며?

넌 어떻게 남의 반 일을
실시간으로 아냐.

나 너희 반 재희랑 절친이잖아.

네가 안 친한 여자애가 있긴 해?

너는 저렇게 공개 고백 받으면 어떨 것 같아?

상대가 누구냐에 따라 다르지.

그렇구나.

그다음부터 철용이는 아무 말도 하지 않았다. 몇 마디 톡을 주고받았을 뿐인데도 평소 철용이답지 않다는 느낌이 핸드폰에서 뿜어져 나왔다. 나는 혹시나 하는 생각에 망설이다가 철용이에게 톡을 보냈다.

너 오늘 텃밭 창고 갔었어?

그건 왜 물어?

갔어, 안 갔어.

잠시 뜸을 들이던 철용이가 답을 보냈다.

갔어.

그다음에 네가 장미를 캐비닛에 넣은 거냐고는 차마 묻지 못했다. 오늘 철용이와 있었던 일이 떠올랐기 때문이다.

점심시간에 급식 줄을 서서 기다리고 있을 때였다. 머리 위에서 익숙한 목소리가 들려왔다. 철용이 목소리였다.

"정말 주먹을 부르는 뒤통수야."

철용이는 말을 끝내자마자 내 뒤통수를 한 대 때렸다. 두 눈에서 불꽃이 번쩍 튀었다. 너무 화가 나서 고개를 확 돌려 눈이 아플 정도로 째려봤다. 아마 철용이가 더 이상 세상을 살기 싫은가 보다. 아니면 제대로 미쳤거나. 나는 도망가는 박철용을 죽어라 쫓아가서 박철용의 등짝을 짝짝 소리가 나도록 세 대 휘갈겼다. 똑같이 뒤통수를 갈기고 싶어도 박철용 키가 거의 180cm에 가까워서 할 수 없이 등을 때릴 수밖에 없었다. 세 배로 갚아주니까 그나마 화가 가라앉았지만, 급식을 거의 먹지 못했다. 전력 질주

를 한데다가 열받아서 속이 울렁거려 입맛이 싹 사라진 것
이다.

아까는 철용이 간이 배 밖으로 나와서, 아주 잠깐 미쳐
서, 아니면 나한테 맞고 산 게 억울해서 장난친 거로 생각
했다. 그런데 만약 철용이가 의도적으로 내가 점심을 못
먹도록 계획했던 거라면?

철용이는 내가 배고프면 종종 텃밭 창고에 가서 간식을
먹는다는 걸 알고 있다. 영구 쌤이 왜 도시농부에 들어왔
냐고 물었을 때 대답하지 못하고 얼굴을 붉히던 모습도 떠
올랐다. 나도 모르게 혼잣말이 새어 나왔다.

"동아리 신청하는 날에 철용이 이모가 나 동아리 어디
들어갔냐고 전화했던 것 같은데……."

갑자기 온몸에 소름이 돋았다.

5월 15일 금요일 이른 아침

다음 날, 학교 가는 길이었다. 갑자기 나타난 누군가가

내 양팔을 하나씩 낚아채듯 잡더니 팔짱을 꼭 끼었다. 꼭 두 경찰에게 잡혀가는 도둑 꼴이었다.

"누구야!"

"누구긴 누구야, 언니들이지."

재은이와 연우였다. 둘의 얼굴은 아주 볼만했다. 나날이 화장술이 발전해서 3월 입학 즈음과 비교하면 아주 다른 사람이 된 것 같았다.

이해가 가지 않았다. 공학인 하나중 애들은 선크림조차 바르지 않는 애들이 대부분이었다. 심지어 연습생인 멜로디조차 말이다. 그런데 여자애들만 있는 성모여중 애들이 왜 풀메이크업을 하고 등교하는지 모르겠다. 신기한 건 재은이와 연우뿐만이 아니라 그런 애들이 꽤 많다는 것이다.

"너희 둘 오늘 학교 끝나고 어디 가?"

"아니? 오늘은 학원 없어."

"그런데 왜 풀메했어?"

"그냥 나 스스로 만족하려고? 아마도 그럴 거야."

우리는 갈림길에서 손을 흔들어 인사를 하고 각자의 학교로 향했다.

마음에 스산한 바람이 불었다. 세상에 나만 혼자 남겨진 느낌이었다. 함께 웃고 떠들던 초등학교 시절이 불과 몇 달 전인데 그때와 지금 우리 셋은 아주 많이 달라진 것 같았다.

다들 적당한 친구와 적당한 곳에 자리 잡고 적당히 성장하고 있는데, 나만 아직도 어디가 내 자리인지조차 모르는 게 아닐까.

교실에 도착하니 멜로디가 우리 반 앞에서 기다리고 있었다. 애가 좀 특이하긴 해도 근성은 있는 듯하다. 그건 인정해 줘야겠다. 그런데 명색이 연습생인 멜로디에게 아무도 눈길을 주지 않았다.

"야, 애들이 너 쳐다보지도 않네."

농담처럼 건넨 말에 멜로디는 아무렇지 않다는 듯 대답했다.

"맞아. 입학식 후 딱 일주일 동안 다른 반 애들이랑 선배들이랑 구경하러 오더니 이제는 반에서도 존재감이 없어."

"너 좋다는 애들 없어?"

"없어. 물론 내가 너무 다가가기 힘든 상대라 그런 걸 테지만."

"너 진지하게 진로 다시 생각해봐야 하는 거 아니냐? 연예인은 존재감이 생명인데."

"내 걱정은 됐고. 가방 놓고 나와."

"왜?"

"석효재라는 애한테 가봐야지."

1반은 한 층 아래에 있어서 멜로디와 나는 계단을 내려갔다. 멜로디가 목소리를 죽이며 내 귓가에 속삭였다.

"그거 알아? 내가 아침에 학교 오자마자 창고 캐비닛 다시 열어봤거든? 그런데 와! 씨."

"그런데?"

"꽃다발 없어진 거 있지. 당연히 카드도 없고. 도대체 무슨 심리일까?"

뭐지? 설마 고백 취소인가? 너무 부끄러워서? 그럴만한 애가 누구일까. 철용이와 동하 모두 가능성이 있는 것 같다는 생각이 스쳐 지나갔다.

1반 뒷문으로 가서 석효재를 불러 달라고 했다. 석효재는 내가 아는 그 애가 맞았다. 4학년 때 같은 반을 한 적 있는 분노 조절에 문제가 있던 무시무시한 애. 멜로디는 그걸 모를 텐데 마음속에서 불안이 솟아올랐다. 멜로디 성격이 앞뒤 가리지 못하고 막무가내란 걸 입학식 날 내가 경험했으니까.

석효재가 어슬렁거리며 다가와 태어나서 지금까지 한 번도 웃어보지 않았을 것 같은 얼굴로 물었다.

"뭔데."

멜로디가 바짝 다가서며 물었다.

"너 혹시 어제 도시농부 창고 갔어?"

"갔는데. 왜."

"거기 혹시 뭐 두고 왔어? 얘랑 관련된 거."

멜로디가 손가락으로 나를 가리키며 속삭였다.

"그게 쟤 때문에 갖다 놓으라고 한 거였나? 귀찮아 죽는 줄 알았네. 쟤한테 잘 어울리긴 하겠다."

멜로디가 뭐라 뭐라 중얼거리며 교실로 들어가려는 석효재의 어깨를 잡고 멈춰 세웠다.

"그럼 네가 갖다 놓은 게 아니야?"

"어딜 만져!"

1반 애들이 고개를 내밀고 쳐다볼 정도로 큰 목소리였다. 석효재의 분노 조절 기능은 여전히 문제가 있었다.

"아, 미안. 실수. 중요한 거라서 그래. 혹시 김동하야? 동하가 장미 갖다 놔달라고 했어?"

"장미라니, 무슨 소리야."

나는 다시 나서려는 멜로디를 막아섰다. 그리고 최대한 상냥한 목소리로 억지웃음을 지으며 물었다.

"저…… 말이지. 네가 분홍색 장미 캐비닛에 넣어놨어? 아니면 다른 사람 부탁으로 갖다 놓은 거야? 그럼 누가 부탁했는지 말해줄 수 있어? 중요한 거라서 그래."

비굴한 나의 태도에 석효재가 표정을 살짝 누그러뜨리며 말했다.

"꽃무늬가 있긴 했지."

"뭐?"

"꽃무늬 몸뻬 바지. 시골 할머니들 입는 거 있잖아. 그거 갖다 둔 거야. 지나가는데 영구 쌤한테 잡혀서. 됐지?"

그 순간 수업 시작을 알리는 종이 울렸다.

멜로디와 나는 서로 말없이 마주 보다가 각자의 교실로 돌아갔다. 1순위 용의자가 용의선상에서 내려졌다.

5월 15일 금요일 3교시 국어 시간

국어 시간이다. 가장 지루하고 괴로운 시간이다. 할매 정은혜 쌤 시간이기 때문이다. 정은혜 쌤의 나이는 오십 대 중반이라는데 겉보기에는 거의 일흔이 다 되어가는 할머니처럼 보였다. 차라리 머리 전체가 백발이면 더 나을 것 같은데 반은 하얗고 반은 검은 머리와 기미인지 검버섯인지 모를 것이 잔뜩 덮인 얼굴은 할매 말고 다른 별명을 떠올리기 힘들게 만들었다. 게다가 염불하는 스님처럼 지루하고 일정한 톤으로 수업을 하니 아이들은 항상 비몽사몽이었다. 대놓고 엎드려 자는 애들도 많았다. 하지만 할매는 언제나 전혀 아랑곳하지 않았다. 당당함이 할매의 유일한 매력이라면 매력이었다.

"어디 보자. 안 자는 애가 하나, 둘, 셋. 셋이네. 어? 김민지. 너 오늘 웬일로 안 자니?"

물론 텃밭 창고의 고백 카드 때문이지만 모처럼 이럴 때 할매 앞에서 큰소리치고 싶었다.

"저 원래 수업 시간에 안 자는데요, 쌤."

"거짓말하면 특정 신체 부위가 어떻게 되는지 몰라?"

할매는 수업 시간에 안 자는 아이들 수를 세는 버릇이 있었다. 안 자는 아이가 다섯 명이 넘으면 스스로 굉장히 뿌듯해하는데 그게 자랑스러울 일인지 참 의문이었다.

할매는 깨어 있는 아이들에게만 수행평가에 나올 부분을 짚어주기도 했다. 자신을 따르는 충신들에게 주는 상급이라나? 하지만 콕 집어서 말하는 게 아니라 지나가듯 말하는 데다 언제 말할지 도무지 예측할 수 없어서 범생이들은 극도로 집중하느라 수업이 끝나면 지쳐 쓰러지곤 했다.

할매는 보통 사람이 아니다. 어쩌면 하나중의 최강 빌런일지도 모른다. 그건 할매의 평소 말투에서도 알 수 있다. 나이가 많은 편이긴 하지만 할매보다 나이가 많은 쌤들도 몇 명 있는데, 할매는 교장 쌤을 빼고는 나이 상관없이 모든 선생님에게 반말을 했다. 사립학교라면 이사장과 친척

이려니 하겠지만 하나중은 공립이다. 교감쌤은 나이가 한 살 적은 할매에게 반말을 듣기 싫어서 어떤 업무도 주지 않고 최대한 마주치지 않으려 한다는 소문도 있었다. 똥이 무서워서 피하냐는 심정이겠지.

"어디 보자. 나를 따르는 충신들에게 특혜를 줘야 하는데."

도대체 누가 충신이라는 걸까. 저렇게 자기애가 강할 수가.

"수행은 얼마 전에 봤고. 아! 최신 정보 하나 알려줄까 말까?"

나를 포함한 깨어 있는 셋은 귀를 쫑긋 세웠다. 눈치가 백 단인 할매는 학교 일이라면 모르는 게 없었다.

"도시농부 텃밭에 장미원 있잖니."

깜짝이야. 장미 얘기에 나도 모르게 온몸에 힘이 잔뜩 들어갔다. 할매는 입가에 웃음을 머금고 말했다.

"거기서 어제 누가 장미 꺾는 거 나는 봤지. 이거 교장 선생님이 알면 무슨 일이 일어날까? 후훗."

나도 모르게 목소리가 커졌다.

"선생님, 그게 누, 누군데요?"

할매가 나를 빤히 보며 물었다.

"아니, 김민지. 왜 그렇게 관심을 갖지?"

"아, 그게. 우리 동아리 일이기도 하고……."

"네가 망이라도 봐줬니?"

"네? 아녜요. 그게 아니고요."

할매가 어울리지 않게 생긋 웃으며 말했다.

"재밌네. 이건 무슨 조합일까?"

그냥 입을 다물어버렸다. 얘기가 이상한 방향으로 흘러가는 데다가 어차피 할매는 말해줄 생각이 없는 게 분명해 보인다. 할매가 한껏 뿌듯하고도 얄미운 표정을 지으며 말했다.

"남의 비밀을 알고 있다는 건 참 즐거운 일이야."

5월 15일 금요일 점심시간

점심 먹고 만나자는 멜로디의 연락을 받고 동아리방으로 갔다. 멜로디가 동아리방 문을 안에서 잠그고 서둘러 핸드폰을 꺼내서 보여주며 말했다.

"이거 봐봐."

파란 하늘 사진과 짧은 메시지가 보였다.

'이제 용기 낼 시간'

동하의 SNS 스토리였다. 하늘 아래 살짝 보이는 주변 풍경과 건물의 위치를 보면 텃밭에서 찍은 게 틀림없었다.

"이제 용기 낼 시간?"

"진짜 동하인가 봐. 꽃다발에, 카드에, 스토리까지. 확실해. 동하가 꽃을 꺾을 리 없다고 생각해서 내심 동하는 아닐 거라고 생각했는데. 그래서 3순위로 두었는데……."

멜로디는 정말로 실망한 것처럼 보였다. 그런 멜로디가 조금 안쓰러워 나는 일부러 과장된 말투로 말했다.

"아니야. 동하는 절대 아닐 거야. 걔가 설마 그랬겠어? 잡초도 생명이라고 풀도 안 뽑는 애잖아."

그러자 멜로디의 표정이 급격하게 밝아졌다.

"그치? 네가 봐도 동하는 절대 아니지? 그러니까 일단 동하는 보류하자. 완전히 빼자는 건 아니고 철용이 먼저 조사해보자는 거야. 철용이도 아니면 그때 동하한테 물어보지 뭐."

놀라웠다. 사람의 감정 전환이 이렇게 빠를 수 있다니. 꼭 짤방을 보는 것 같았다. 멜로디는 가수가 아니라 연기자를 하는 게 나을 것 같다.

무슨 논리인지는 모르겠지만 일단 그러자고 했다. 우리는 9반에 가서 철용이를 불러냈다. 철용이가 나오니까 이름도 기억나지 않는 초등 동창 남자애가 따라 나오면서 큰 소리로 나와 철용이를 엮었다.

"어이, 철용민지. 잘 어울리는데!"

엮는 건 남녀가 나란히 서 있기만 해도 애들이 항상 하는 짓이지만 오늘따라 유난히 기분이 더러웠다. 무시하면 그만인 것을 철용이는 또 얼굴을 붉히며 하지 말라고 했다. 그러는 게 더 이상하다는 걸 진짜 모르는 걸까?

우리는 운동장 스탠드로 갔다. 멜로디가 팔짱을 단단히 끼고 철용이에게 물었다.

"너 어제 텃밭 창고 갔지? 거기 왜 갔어?"

"어제부터 왜 자꾸들 거기 갔냐고 묻는 거야. 그래, 갔다 갔어."

나는 손을 들어 멜로디를 저지했다. 철용이와 내가 보낸 세월이 있는데, 저 곰 같은 애는 누구보다 내가 더 잘 아는데, 내가 직접 나서는 게 나을 것 같았다.

"말 돌리지 않을게. 네가 크리스티나 꽃다발 캐비닛에 넣어놨어? 나한테 고백하려고?"

"뭐?"

"박철용! 너 나 좋아하냐고."

"아, 아니야. 꽃다발이라니. 그런 적 없어."

"그럼 다행인데. 우리는 진짜 그러면 안 되는 거 알지? 어떻게 너랑 나랑."

나도 모르게 말 끝자락에 풋 하고 실소가 나왔다. 그런데 그런 나를 보는 철용이의 얼굴이 갑자기 딱딱하게 굳었다. 내가 아는 한 몹시 기분이 상할 때 나오는 표정이었다. 철용이가 나에게 한 걸음 성큼 다가오며 말했다.

"너랑 나랑은 왜 그러면 안 되는 건데?"

나는 갑자기 다른 사람 같아진 철용이가 당황스러워 선뜻 아무 말도 하지 못했다.

'남자'라는 단어와 철용이는 평생 만난 적이 없는 사이였다. 그런데 지금 박철용은 너무나 남자다. 원래 큰 줄은 알았지만, 이렇게 가까이 다가서니 대학생과 마주 선 느낌이었다. 크게 꿀렁이는 철용이의 목울대가 커다래진 내 눈에 들어왔다. 무엇보다 가장 놀란 건 체취였다. 철용이의 체취가 이렇게 좋았나? 지금까지 왜 몰랐을까. 가슴이 마구 두근거렸다. 계속 아무 말도 하지 못하자 철용이가 얼굴을 더 가까이 들이밀더니 다시 말했다. 단어 하나하나를 누르듯이 천천히 발음하면서.

"너랑, 나랑, 그러면 왜, 안 되냐고. 내가, 덩치에, 안 어울리게, 남자답지 못해서? 운동을 못 해서? 아니면 어렸을 때부터 네가 시키는 대로 다 하니까 내가 우스워서?"

"아, 아니. 그게 아니라⋯⋯."

"너! 나 무시하지 마. 나는 너 좋아하지도 못할 만큼 못난 거냐? 네가 그렇게 잘났어?"

철용이는 몸을 홱 돌리더니 성큼성큼 중앙 현관으로 향했다. 나는 멍하니 서 있을 수밖에 없었다. 철용이가 눈앞에서 완전히 사라지자 가만히 바라만 보던 멜로디가 그제야 호들갑을 떨며 말했다.

"어떡해. 어떡해! 철용이가 너 진짜 좋아하는 것 같아. 그런데 쟤한테 저런 면도 있었나? 완전 다른 사람인데?"

수업 예비종이 울렸다. 그리고 내 마음에도 종소리가 울렸다.

5월 15일 금요일 5교시 쉬는 시간

멜로디가 또 우리 반에 왔다. 참 지치지도 않는다. 그런데 멜로디는 나에게 눈짓만 보내고 바로 동하에게 갔다. 그러더니 동하를 데리고 복도로 나갔다. 아닌 척하며 둘을 의식하는 여자애들의 시선이 여기저기서 느껴졌다.

멜로디와 동하는 복도 구석에 서서 진지한 얼굴로 말을 주고받았다. 그러다 이야기가 끝났는지 동하가 교실로 돌아왔다. 동하는 나에게 다가오더니 멋쩍게 미소 지으면서 손가락으로 멜로디를 가리켰다.

"민지야, 멜로디가 잠깐 나와달래."

나는 얼른 멜로디에게 달려갔다. 둘이 무슨 얘기를 나눈

건지 궁금해 죽을 지경이었다.

"시간 없으니까 빨리 말할게. 동하도 아니야."

무척 실망스러웠지만 애써 표정을 감추며 물었다.

"동하가 뭐라고 했는데?"

"지금이 두 시 근처잖아. 네 운이 최고조에 달하는 시간. 그래서 원래 이 시간에 동하한테 물어보려고 했었어. 그래서 동하한테 물어봤지. '용기 낼 시간' 그 스토리 무슨 의미냐고. 그리고 네가 민지한테 꽃다발 준 거냐고."

나는 침을 꼴깍 삼키며 듣다가 사레가 들리고 말았다.

"켁켁. 야! 그렇게 대놓고 물어보면 어떡해."

"질질 끌면 뭐 해. 철용이도 아니라고 하고, 석효재도 아니고. 남은 건 동하 한 명이잖아. 아무튼 그랬더니 김동하가 뭐라는지 알아?"

"뭐래?"

"참 나. 그게 학원 그만두겠다고 엄마한테 말하겠다는 용기란다. 전에 네가 어떻게 김동하가 도시농부 늘어갈 거 알았냐고 했지? 사실 나 입학식 날 김동하 보고 첫눈에 반했거든. 얼굴이 완전 내 스타일이라서. 그래서 계속 걔 뒤에 일부러 서 있었어. 그때 걔랑 엄마가 하는 얘기 듣고 그때도 좀 싸하긴 했는데. 아! 나 진짜 어이없네. 말수가 적은 애라 몰랐는데 쟤는 입을 다물고 있어야 하는 애였어."

"무슨 얘기를 하는 거야. 알아듣게 얘기해."

"김동하 엄마가 좀 극성인 것 같더라고. 특목고 가려고 일부러 우리 학교로 왔다는데 어디서 교장 선생님이 도시 농부를 아낀다는 소릴 들었다는 거야. 동아리 부장하면 특목고 입시에 도움 되니까 꼭 해야 한다고 입학식 때 몇 번을 말하더라고. 입학식 날 동아리 신청하는 것도 아니잖아? 그런데도 계속 회장 해야 한다, 학원 숙제는 얼마나 했냐, 그런 얘기만 하더라고. 김동하는 옆에서 계속 네네 하고. 아무튼 김동하는 지금 학원 너무 많이 다녀서 힘들대. 잠도 부족하고. 그래서 몇 달째 고민하다가 그런 스토리 올린 거래. 아직 엄마한테 말을 못 하고 있어서 다짐하려고 쓴 거였다나? 쟤 완전 마마보이였어. 진짜 초등 7학년 같지 않냐? 나 이제 쟤한테 관심 없으니까 너 가져."

"결국 김동하도 아니라는 거지?"

"그래. 자긴 특목고 가야 해서 여자친구 못 사귄대. 좋

아하는 애 생겨도 엄마한테 허락받아야 한다나. 참 나. 김
동하는 말이지. 범생이가 아니라 자기 생각이라는 게 없는
애였어. 인형이라고 인형."

　나는 김동하를 바라봤다. 해맑은 표정으로 책을 읽고
있었다. 저 해맑은 표정은 정신적 초딩의 얼굴이었단 말
인가.

　"그럼 세 명 다 아니었네. 그래도 이제 다 끝났다."

　내 말에 멜로디가 진지한 얼굴로 말했다.

　"아니. 끝 아니야. 생각해보니까 우리가 간과한 게 있어."

　"그게 뭐든 그만하자. 나 지금 정신적으로나 신체적으로
몹시 피곤한 상태야."

　"강태은."

　"뭐?"

　"태은이가 수상해."

　"그건 또 무슨 소리야."

　"태은이 평소에 창고 거의 안 들어가는 거 알아? 그런데
어제는 갔잖아. 그리고 너한테 엄청 잘하지, 걔가. 우리가
여자라고 처음부터 제외한 게 실수였어."

슬슬 화가 나려고 했다.

"작작 좀 하자."

그때 수업 종이 울렸다. 멜로디는 나에게 한마디를 던지고 교실로 돌아갔다.

"너 그렇게 편견으로 가득한 애였어?"

5월 15일 금요일 6교시

뒷자리 애가 내 등을 볼펜으로 쿡쿡 찔렀다. 뒤를 보고 왜 그러냐는 눈빛을 보냈다.

"김민지!"

역사 선생님이 나를 불렀다.

"네?"

"무슨 생각을 그렇게 하는 거야. 몇 번을 불렀는데. 얼른 대답해봐."

"저, 죄송한데요. 쌤 질문을 못 들었어요……."

선생님은 기가 찬다는 표정을 지으며 말했다.

"벌점 1점. 대놓고 자는 애들보다 너 같은 애들이 더 나빠."

혼란한 하루에 벌점이 더해졌다. 중학교 입학 후 처음으로 받은 벌점이었다. 우리 반에서 벌점을 받은 아이는 아직 몇 되지 않아서 기분이 더욱 처졌다.

폭풍 같은 어제와 오늘, 수많은 일을 겪어서인지 나는 수업에 도저히 집중할 수가 없었다. 가장 큰 원인은 철용이와의 앞날에 대한 걱정이었다.

석효재나 김동하는 없던 일로 하면 그뿐이었다. 강태은은 멜로디의 억측일 뿐일 테지. 하지만 철용이는 다르다. 가장 오랜 시간을 함께한 친구고 엄마들까지 절친한 사이니까.

그런데 그보다 더 큰 문제는 따로 있었다. 다른 사람 같았던 철용이의 모습이 끊임없이 생각난다는 것이다. 철용이를 아주 잘 안다고 생각했는데 사실 잘 몰랐던 게 아닐까? 내가 그동안 너무하긴 했다. 생각해보면 무조건 날 받아주는 애는 철용이밖에 없는데. 철용이에게 정말 미안하고 후회가 되었다. 나는 앞으로 어떻게 해야 할까?

머리가 갑자기 미치도록 지끈거렸다. 나는 결국 참지 못

하고 손을 들고 말았다.

"선생님, 저 머리가 너무 아파서 그러는데 보건실 좀 다녀와도 될까요?"

선생님은 못마땅한 표정을 짓더니 마지못한 듯 빨리 다녀오라고 했다.

보건실에는 보건 쌤 혼자 있었다. 보건 쌤의 별명은 보건실 환자다. 체구가 자그마하고 얼굴이 파리해서 한눈에도 몸이 약해 보였다. 쌤이 책상에 엎드려 있다가 내 인기척에 고개를 들더니 나보다 더 기운 없는 목소리로 물었다.

"어디가 불편해서 왔어?"

"쌤, 머리가 너무 아파요. 두통약 좀 주세요."

"언제부터 아팠어?"

쌤이 약을 꺼내고 있을 때였다. 뒤에서 누군가 내 이름을 불렀다.

"민지야!"

수업 시간에 잠깐 보건실에 온 건데 여기까지 와서 내

이름을 부를 일이 뭐가 있을까. 무슨 큰일이라도 생긴 걸까? 겁이 나서 고개를 돌리며 물음에 가까운 대답을 했다.

"네?"

"네!"

나를 부른 사람은 할매였다. 할매가 한 손으로 오른쪽 목을 꽉 움켜잡고 인상을 쓰고 있었다. 그런데 대답한 사람이 나 말고 또 있었다. 보건 쌤이었다. 할매는 나를 아랑곳하지 않고 보건 쌤에게 성큼성큼 다가가서 말했다.

"민지야, 파스 좀 붙여줄래? 어제 잠을 잘못 잤는지 목이 안 돌아가. 아이구, 목이야."

할매의 호들갑에 보건 쌤은 나에게 잠시만 기다리라고 하더니 파스를 꺼내어 할매에게 붙여주었다. 나는 조심스럽게 할매에게 물었다.

"선생님, 저 왜 부르셨어요? 무슨 일 있나요?"

할매는 목이 돌아가지 않는다는 제스처를 과장되게 취하며 내 쪽으로 눈만 힐끔거리면서 말했다.

"내가 널 왜 불러? 아! 착각했나 보구나. 보건 선생님 이름도 민지인 거 몰랐어?"

"아, 그렇구나. 몰랐어요."

자주 보는 교과 선생님도 아니고 다들 보건실 환자나 보건 쌤이라고 하니 이름은 몰랐다.

나는 마음속으로 욕을 했다. 아무리 자기보다 나이가 어리다고 해도 그렇지 같은 선생님인데 저렇게 이름을 막 불러도 되나 싶어서였다. 교장 선생님은 가장 젊은 쌤한테도 존댓말을 쓰시는데.

그런데 그 순간 나는 온몸이 뻣뻣하게 굳고 말았다. 보건 쌤 책상 위 연필꽂이에 어제 장미 꽃다발에 있던 작은 카드가 꽂혀 있었기 때문이다. 카드 속은 볼 수 없었지만, 확실히 그 카드가 맞다. 그리고 보건 쌤 이름도 민지라면…….

나는 두통약을 먹고 후들거리는 다리를 끌며 간신히 교실로 돌아왔다.

5월 15일 금요일 방과 후

나와 멜로디 그리고 영구 쌤. 우리 셋은 동아리방에서

서로 마주 보고 앉았다. 잠시 무거운 침묵이 흘렀다. 멜로디가 먼저 입을 열었다.

"쌤, 이제 진실을 말해주시죠. 쌤이 혹시 장미 꽃다발이랑 카드 창고 캐비닛에 넣어놓으셨어요?"

영구 쌤이 입술을 한번 질끈 깨물더니 대답했다.

"그래."

나는 머리를 감싸 쥐며 소리 없는 비명을 질렀고, 멜로디는 긴 머리를 좌우로 흔들면서 혀를 찼다. 잠시 후 멜로디가 숨을 한번 크게 내쉬고 다시 말을 이었다.

"정말 쌤일거라고는……. 제가 실수했어요. 당연히 애들이 꺾었을 거라고 생각했죠. 그런데 장부에 이름을 적지 않고도 텃밭 창고에 자유롭게 갈 수 있는 사람이 있다는 걸 간과했어요. 심지어 선생님은 여분의 열쇠도 갖고 있는데……."

"그래. 내가 잘못했어. 그러니까 제발. 교장 선생님한테는……."

"선생님, 보건 쌤이랑 사귀어요?"

"으응?"

"보건 쌤이랑 사귀시냐고요."

"어. 이제 한 달 되었어."

멜로디가 기가 차다는 듯 말했다.

"그 나이에도 썸이 가능해요?"

"저기, 꽃 꺾은 건 미안한데 내 나이가 어때서. 너희들이 보기엔 많아 보이겠지만 요새 마흔은 옛날 마흔하고 달라."

나는 쩔쩔매는 영구 쌤이 안쓰러워서 한마디 했다.

"그래, 그러실 수도 있지. 우리 할머니도 작년부터 새 남자친구 만난다고 하시더라고."

나의 두둔에 영구 쌤은 조금 힘이 난 것처럼 보였다.

"애들이 어제가 로즈데이라고 하더라. 민지한테 장미를 줘야겠다 싶어서 제일 예쁜 꽃을 골랐지. 저렇게 예쁘게 핀 크리스티나는 어디서 사기도 힘들거든."

"그런데 그걸 왜 캐비닛에 넣어 놓으신 거예요? 사람 헷갈리게."

"그게……. 갑자기 교장 선생님이 텃밭에 오신 거야. 그 시간엔 보통 안 오시는데 얼마나 놀랐게. 급하게 숨길 데가 캐비닛밖에 없더라고. 그러더니 나보고 어딜 같이 가자시더라고. 하여간 그 양반은 학교에서 내가 제일 만만하지. 내가 어디 가자면 무조건 가야 하는 사람인가? 그리고 교장 선생님이 사람은 좋으시지만, 작물이 죽거나 누가 몰래 가져가거나 하면 난리 나거든. 그럴 거면 퇴직하고 고향 가서 그렇게 좋아하는 농사나 지으시지 왜 애먼 사람 괴롭히나 몰라. 나도 학교 일 많아 죽겠는데 말이야. 휴······. 말하다 보니 화나네. 교장 선생님 사람 좋다는 말 취소다. 아무튼 그래서 잠깐 숨겨 놓는다는 게 그렇게 됐다. 이거 비밀이다. 비밀 지켜줄 수 있지?"

멜로디가 짓궂은 말투로 물었다.

"뭘 비밀로 해드려야 하는데요? 꽃 꺾은 거요, 아니면 보건 쌤이랑 사귀는 거요?"

"둘 다지. 민지가 공개 연애는 부담스럽대."

나는 계속 궁금했던 걸 물었다. 둘은 정말 어울리지 않았으니까.

"보건 쌤 어디가 좋아요?"

나의 물음에 영구 쌤이 커다란 어깨를 쭉 펴고 배시시

웃으며 말했다.

"너무 작고 소중해."

5월 15일 금요일 저녁

핸드폰만 만지작거린 지 이십 분이 넘었다. 철용이에게 톡을 보낼까 말까 계속 고민만 하는 중이었다. 그런데 자꾸 생각하니 좀 화가 나기도 했다. 아까 그게 그렇게 화낼 일인 걸까? 그래도 이번엔 내가 먼저 사과하는 게 맞는 것 같다. 드디어 결심하고 톡을 보내려는 참인데 철용이에게 먼저 톡이 왔다.

뭐하냐.

어? 그냥 있지.

아깐 화내서 미안했다.

아니야. 괜찮아.

잠시 아무 말 없는 시간이 흘렀다. 이다음에 뭐라고 해야 하지? 그런데 철용이가 다시 톡을 보냈다.

> 너한테 할 말 있어. 줄 것도 있고.

뭔데?

> 내일 말해줄게. 저녁에 잠깐 보자.

어, 그래.

> 그럼 내일 톡 할게. 잘자.

어. 너도.

예전 같으면 까불지 말고 지금 당장 말하라고 했을 텐데 그럴 수가 없었다. 이상한 하루여서 나까지 이상해졌나. 그때 다시 톡이 울렸다. 철용이인가 싶어 나도 모르게 얼른 핸드폰을 확인했다. 멜로디였다.

> 뭐해.

그냥 있어.

> 일요일에 시간 있어?

어? 아마.

그럼 나랑 영화 보러 갈래? 나 회사에서 시사회 초대권 받았거든. 우리 소속사 배우님들 무대인사도 있대.

정말? 누구누구 나오는데?

다 아저씨들이긴 한데. 갈 거야 말 거야.

당근 가야지. 그날 봐.

백 미터 달리기를 막 끝낸 것처럼 가슴이 마구 두근거렸다.

그게 내일 만나자는 철용이의 말 때문인지, 난생처음 가 보는 시사회 때문인지, 아니면 앞으로 펼쳐질 중학교 생활에 대한 기대 때문인지는 알 수 없었다.

다만 한 가지는 확실하다. 나는 더 이상 우리 학교가 싫지 않다.

거울은 알고 있다

범유진

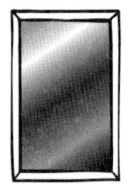

나? 나는 거울이야.

대뜸 이렇게 말하면 아무래도 놀라는 사람도 있겠지. 거울 주제에 자기소개를 하다니, 라고 말이야. 하지만 내가 거울인 건 사실이니 어쩔 수 없어.

나는 한빛중학교 1학년 3반 교실 뒤에 30년째 걸려 있어. 이 학교가 세워진 지 50년이 되었으니, 학교의 역사를 절반 넘게 함께한 셈이지. 누가 나를 이 교실에 걸어 두었는지는 몰라. 그때의 나는 그저 거울이었거든. 내 앞에 선 대상을 정직하게 비추어 낼 뿐, 그 대상이 무어라 말하는지 알아들을 수도 없었고 교실 안에서 일어나는 사건을 이해할 수도 없었지.

내가 자아를 가지게 된 것은 이곳에 걸리고 3년이 지나서였어. 그날, 그 순간의 기억은 지금도 선명해. 내 표면에 무언가 날아와 묻었어. 방금 짜낸 것이 분명한 여드름 고름이었지. 으악, 더러워! 그렇게 생각한 순간 놀랐어. 더럽다는 생각을 한 것에 놀랐고, 놀란 것에 놀랐어. 교실 안의 모든 소리가 들리는 것에 놀랐고, 나를 들여다보는 아이들의 표정에서 그들의 생각이 들리는 것에 놀랐지. 중학생이 된 게 무슨 큰일이냐고 까부는 아이는 내심 무척 불안해하고 있었고, 그 애가 시끄럽게 굴어서 짜증 난다며 흘겨보는 아이는 그 애를 좋아하고 있더군.

그렇구나. 보이는 것이 전부는 아니구나.

왜 갑자기 이런 능력을 가지게 된 것인가, 혼란스러웠지. 그런데 나의 정반대 편인 교실 앞쪽에 있는 칠판이 나를 향해 빙긋 웃는 게 아니겠어. 그전까지는 그저 흰 분필 가루가 덕지덕지 묻은 초록색 칠판일 뿐이었는데 말이야.

"자네도 도깨비가 되었군. 이 지루한 교실에서 드디어 대화 나눌 상대가 생겼어."

"도깨비라고?"

"그래. 오래된 물건에 사람이나 동물의 피가 묻으면 도깨비가 되지. 혹은 아주 많은 사람의 기운을 마주하거나. 그래서 대한민국에는 오래된 빗자루를 벽에 세워 두지 말라는 미신도 있어. 신라시대 벽화에도 우리 같은 존재가 조각되어 있을 정도로 유서 깊은 종족이지."

칠판은 정말 아는 게 많았어. 하긴, 만날 선생님이 그 친구 온몸에 글을 써 대니 그럴 만도 해. 칠판의 말을 들으니 내가 도깨비가 된 것이 당연하다 싶더군. 아이들은 코피가 나면 바로 내 앞으로 달려오거든. 내 앞에서 여드름을 짜는 아이들도 한둘이 아니야.

"내가 오래되었나?"

"음. 나는 이 교실에 설치되기 전에 다른 학교에 있었어. 자네도 이 교실에 걸리기 전에 다른 교실이나 누군가의 집, 어디 창고에 있었을지도 모르지."

한 아이가 칠판지우개를 들어서 칠판에 팡팡 두드렸어. 칠판지우개에 묻은 흰 분필 가루가 자욱하게 피어올랐지. 칠판은 팍 인상을 쓰고, 지우개를 턴 아이를 노려봤어.

"이놈들. 칠판지우개는 밖에서 털어야지! 중학생이 되어서 이러면 안 되지!"

누군가 나를 향해 손을 뻗었어. 휴지를 든 아이가 조심조심, 내 얼굴을 닦았지. 묻었던 고름은 깨끗하게 닦여 나갔어.

"이래서 중학교 1학년이 싫어. 애들이 몸집은 커졌는데 철이 없어."

칠판의 투덜거림을 들으며, 나는 나를 닦아 준 아이를 봤어. 헐렁한 교복 상의의 소매를 돌돌 말아 올린 여자아이가 싱긋 웃었지. 아마도 키가 클 것을 염두에 두고, 교복을 크게 맞춘 거겠지. 교복 치마가 아직 어색한지 자꾸 치맛단을 만지작거리는 모습이 귀여웠어. 반의 아이들 대부분이 그랬어. 교복을 입은 게 어색한지 다들 쉬는 시간만 되면 내 앞으로 달려와서 옷매무새를 살피고, 얼굴에 난 여드름을 신경 썼지. 불안하고 어색한 마음을 숨기려고 일부러 더 화난 표정을 짓고 있기도 했어. 나는 칠판처럼 다른 교실, 다른 학년은 몰라. 그러나 아이들을 한 명씩 살펴보는 동안 확신했지.

이보다 더 사랑스러운 나이는 없을 거라고.

칠판도 툭하면 투덜거리긴 했어도 아이들을 아꼈어. 수업 시간에 칠판 앞으로 불려나온 아이가 틀린 답을 쓰려고 하면 그게 아니라는 걸 알려주려고 일부러 지우개를 떨어뜨리기도 하고, 칠판에 '떠든 사람' 이름이 적힌 것으로 아이들이 싸우면 풀이 죽었지.

다 옛날이야기야. 이젠 이 교실에 도깨비는 나밖에 없어. 몇 년 전에 사람들이, 칠판을 분필 가루가 날리지 않는 새것으로 바꾸었거든. 자동으로 칠판을 지워주는 커다란 전동 지우개가 달려 있고, 버튼을 누르면 영상을 크게 보여주는 대형 모니터가 스르륵 아래로 내려오는 근사한 물건이야.

"어쩌겠어. 아이들이 분필 가루를 들이마시는 게 몸에 좋지 않은 건 사실이지. 나처럼 오래된 칠판은 슬슬 은퇴할 때가 된 거지."

칠판은 그렇게 말하며 순순히 사람들의 손에 들려 나갔어. 나도 칠판과 같은 운명을 맞이하는 것은 아닐까, 조마조마했지. 다행히 사람들은 내게 관심을 두지 않았어. 깨지지 않는 이상 계속 이 교실에 있을 수 있겠구나 싶어 마음이 놓였지.

30년간 수많은 아이들이 이 교실에서 지내다 떠나갔어. 이 교실은 1년 주기로 비슷한 풍경이 반복돼. 입학을 하고 한 달이 채 지나지 않은 때에는 모두가 불안하고 긴장한 마음을 애써 감추지. 그때에는 내 앞에 오랜 시간 서 있는 애들도 별로 없어. 거울을 오래 보고 있다가 외모에 신경 쓴다고 여겨지면 어쩌지, 튀는 행동이면 어쩌지, 하고 신경을 쓰거든. 그래서인지 큰 사건이 발생하는 경우는 그다지 많지 않아. 서로를 탐색하기에 바쁘니깐.

나는 이 한 달간의 교실 공기가 싫지 않아. 긴장과 들뜸이 공존하는 분위기가, 교복을 입고 어색해하는 아이들과 잘 어울리거든. 내 생각이지만 말이야. 교복을 처음 입는 어색함과 설렘은 보통의 경우, 중학교 1학년이 아니면 느낄 수가 없는 특별한 감정이지 싶어. 그 특별함이 가장 넘쳐흐르는 시기가 그 한 달인 거지.

그렇게 눈치를 보다가 한 명 두 명, 친한 사람이 생기면 표정이 달라져. 아침에 등교하면 좀 더 오랫동안 거울 앞에 서 있기도 하지. 딱 둘이 단짝으로 지내는 애들도 있고 네다섯 명씩 그룹으로 다니는 애들도 있지. 중간고사가 지나면 아이들의 표정도, 생각도 조금씩 더 복잡해져. 아주 친하게 붙어 다니는 단짝이 사실은 서로를 미워하기도 하고, 활발하게 반의 분위기를 주도하는 아이가 사실은 그 역할을 부담스러워하기도 하지. 이때부터는 온갖 사건이 다 일어나. 가끔은 답답하기도 해. 거울 앞에 섰을 때 마음으로 하는 생각들. 그걸 서로 솔직하게 털어놓기만 해도 풀릴 오해가 아주 많거든.

그런데 올해의 1학년 3반 교실은 조금 달랐어.

입학하고 고작 한 달인데, 교실에서 살벌한 '범인 찾기'가 시작된 거야. 아이들이 실제로 그렇게 말을 해. "대체 누가 범인일까?" 하고. 사실 아이들이 찾는 건 '범인'이 아냐. '범인'이라는 건 '범죄를 저지른 사람'이란 뜻이잖아. 아이들이 찾는 건 범죄를 저지른 사람이 아니야. 오히려 그 반대지. 하지만 아이들 사이에서 '범인 찾기'로 통용되고 있으니, 나도 그렇게 부르도록 하지.

사건이 일어난 건 학기가 시작되고 일주일이 지나서였

어. 1학년 3반의 남자아이들 몇몇이 모여서 같은 반 여자아이들의 외모 순위를 매겼어. 순위 매기기를 주도한 남자애의 이름은 이준석이야. 목소리가 크고 싸움을 잘한다는 소문이 파다한 아이지. 남자애들이 모여서 하는 이야기를 들으면 게임도 아주 잘하는 듯해. 수업 시간에 발표도 곧잘 하고 퀴즈도 잘 풀어. 이준석은 일주일 만에 남자아이들 사이에서 대장 노릇을 하게 되었어. 외모 순위를 매기는 건 좋지 않은 일이라고 반대하는 애들도 있었지만, 다수의 의견을 거스르진 못했지.

이준석은 1등부터 10등까지 종이에 이름을 쓰고 이름 옆에 점수를 적었어. 1등은 100점. 꼴등은 0점이었지. 점수를 매긴 아이들이 낄낄 웃으며 종이를 돌려봤고, 여자애들도 눈치를 챘지. 저들이 무언가를 하고 있구나, 라는 걸.

한수지가 앞장서서 이준석의 손에서 종이를 빼앗았어. 한수지는 여자아이들 사이에서 가장 인기가 많은 아이야. 왜, 그런 애 있잖아. 한눈에 봐도 예쁘고 뭔가 특별한 분위기가 있는 아이. 초등학교 때부터 유명했던 모양인지, 입학식 날에 몇몇 애들이 수군거리는 걸 들었어. "한수지는 왜 연예인 안 해?", "내가 저 얼굴이면 진즉에 오디션 봤다", "쟤 길거리 캐스팅도 많이 당했는데, 자기가 안 한다고 한 거래." 대부분 한수지의 외모에 대한 칭찬이었어.

한수지는 이준석의 손에서 종이를 빼앗고, 불같이 화를 냈어. 이준석은 한수지에게 네가 일등인데 왜 화를 내냐고 물었지. 두 사람의 말싸움은 담임이 들어와서 중단되었어. 한수지는 담임에게 종이를 내밀며, 여기에 참여한 아이들을 혼내 달라고 했지. 하지만 담임은 부드러운 미소를 지으며 한수지에게 종이를 돌려주었어.

"친구끼리 장난친 거잖아. 이게 뭐 큰일이라고."

"이게 왜 큰일이 아닌데요? 그럼 저도 선생님들 순위 매겨도 돼요?"

한수지의 당돌한 말에 담임의 미소가 사라졌어. 담임은 한수지에게 버릇없다고 화를 내고, 자리로 돌아가 앉으라고 소리쳤지. 한수지는 입을 꽉 다물고 자리에 앉아, 종이를 구겨 자신의 책상 서랍에 쑤셔 박았어.

사건은 그렇게 유야무야 마무리되는 듯했어. 누군가 외모 순위를 매긴 종이를 찍어서, 인터넷에 올리지 않았다면 학기 초의 해프닝으로 끝났을 수도 있어. 종이를 찍어 올린 게 누구인지는 몰라. 자기가 누구인지 밝히지 않은, 일회용 계정이었거든. 사진에는 반 아이들의 이름이 모자이크되어 있었고, 순위와 점수만 보이게 수정되어 있었어.

> 어른들이 우릴 평가하는 걸로는 부족한 거야? 담임도 아무 대처 안 해 줌.

그 글은 순식간에 인터넷을 타고 퍼져나갔어. 학생끼리 외모 평가를 하는 게 말이 되느냐, 대체 어디 학교이기에 애들 교육을 저렇게 했냐, 담임이란 사람은 누구냐 등등 용광로는 금세 달아올랐지. 네티즌 중 한 명이 공책 한 귀퉁이에 적힌 학교 이름을 확대해서는 종이의 주인이 한빛중학교 재학생인 것을 알아냈어. 학교로 전화가 빗발쳤지. 학교는 진상 확인을 해 보겠다고 말했고, 곧 1학년 3반에서 일어난 사건임이 밝혀졌어. 긴급회의가 소집되었지. 담임은 붉어진 얼굴로 교실에 들어와서 이준석을 비롯해서 점수 매기기에 적극적으로 동참했던 남자애들 5명에게 반성문을 쓰라고 했어. 그리고 그걸 학교 홈페이지에 공개하며, 앞으로는 이런 일이 없도록 하겠다고 했지.

"누가 인터넷에 그 종이를 올려서 이 소동을 만든 건지,
아는 사람 있으면 반드시 나한테 말해라. 자기 때문에 학교
의 명예가 얼마나 떨어졌는지, 확실히 알도록 해 줄 테니."

담임은 종례 시간에 그렇게 으름장을 놓았어. 반 아이들도
수군거렸지.

"장난으로 한 건데 인터넷에 올리는 건 너무하지 않아?"

"고자질쟁이."

"누군지 몰라도 잡아내야 해."

"맞아. 앞으로 우리 반에서 일어나는 일, 다 밖으로 퍼
나르면 어떻게 해?"

남자애들은 담임의 반응에 힘을 얻은 듯이 큰 소리로
떠들었어. 반성문을 쓴 애들이 특히 열성적이었지.

"범인을 잡자!"

"맞아. 범인을 잡아서 다시는 그러지 않게 혼을 내 줘
야 해."

외모 순위를 매긴 종이를 인터넷에 올린 '범인'은 누구
인지 찾아라! 남자애들은 새로운 게임이라도 시작된 듯 불

타올랐어. 여자애들은 그런 남자애들을 흘겨봤지.

"유치해."

"애초에 순위 매기기 그런 걸 안 했으면 되잖아."

"그런데…… 정말 누굴까? 올린 사람."

여자애들 사이에도 은밀한 호기심이 넘실거렸어. 1학년 3반 아이들은 서로를 새로운 시선으로 탐색하기 시작했지. 서너 명씩 모이면 누가 범인일까를 추측하기에 바빴어. '범인 찾기'에 가장 열성적일 듯했던 이준석은 정작 한마디도 하지 않았어. 반성문 쓰고 정말 반성이라도 한 거냐고 낄낄 웃는 친구들의 놀림에 짜증을 냈을 뿐이지.

"한수지 아냐? 담임한테 이른 것도 개잖아."

"하지만 수지는 일등 했잖아. 기분 나쁠 게 뭐 있어? 예쁘다고 칭찬한 건데."

"그럼 역시…… 꼴찌?"

"김혜영? 근데 걔는 엄청 소심한데."

"박남준 아냐? 외모 순위 매기기 할 때, 하지 말자고 제일 강하게 말한 게 개잖아."

"에이. 인터넷에 올라온 그 글, 평가받는 거 싫어하는 티

가 확 났잖아. 평가받은 당사자란 뜻이지. 그러니깐 남자
애는 아닐 거야."

"의외로 이준석이 한 거 아냐? 한수지가 담임한테 이르
니까, 사건 커질 거 직감하고 자기만 쏙 빠져나가려고 밑
밥 깐 거지."

반 아이들이 선정한 용의자는 다음과 같아.

이준석. '외모 순위 매기기 사건'의 주동자야. 사건 공론
화 이후 풀이 죽은 듯해.

한수지. '외모 순위 매기기 사건' 때에 앞장서서 담임에
게 해결을 요구한 학생이야.

김혜영. '외모 순위 매기기 사건' 때 꼴등을 한 학생이
야. 한수지와는 같은 학원을 다녀. 종종 박남준과 사귀는
거 아니냐는 놀림을 받는데, 그때마다 얼굴이 빨개져.

박남준. '외모 순위 매기기 사건' 때 하지 말자고 가장
강하게 나선 학생이야. 김혜영과 소꿉친구야. 함께 등교할
때도 많아. 김혜영에게 하교도 같이 하자고 말했다가 거절
당해서 시무룩해하는 모습을 본 적이 있어.

과연 이 네 명 중, 1학년 3반 아이들이 찾는 '범인'이 있

을까?

나한테 물어보면 한 번에 정답을 찾아줄 수 있는데 말이지. 왜냐면 나는 이 네 명의 마음속 소리를 전부 들었거든. 내 앞에 서 있는 동안, 흘러 들어온 진심이지.

어디, 그럼 그 마음의 소리를 한번 들으러 가 보자고.

1 거울 앞에 서다_이준석

중학생이 되면 내 뜻대로 하고야 말리라, 다짐했다.

'대체 왜 화를 냈던 걸까?'

아메바. 한수지는 내게 그렇게 말했다. 아메바? 아메바라니! 애들 앞에서는 아무렇지 않은 척했지만 충격이었다.

내 작전은 그런 게 아니었다.

작전은 중요하다. 게임을 할 때에도 작전을 짜야 이길 수 있다. 작전을 짜기 위해 맵을 분석하고, 게임 방송을 몇십 개씩 보면서 루트를 외우고, 연습용 아이디를 따로 만들어서 연습도 했다. 겨울방학 내내 PC방을 들락거리는 나를 보며 엄마는 혀를 찼다.

"6학년 마지막 겨울방학인데, 그렇게 놀기만 할 거야? 중학교 가면 성적 좀 올려야 할 거 아냐! 중학교 가서도 학교 가기 싫다고 투덜거릴 거야? 공부만 잘해 봐. 학교 갈 맛이 절로 나지."

엄마는 아무것도 몰랐다. 내가 게임을 하는 건, 중학교 생활을 잘 해내고 싶어서였다. 공부를 잘하면 학교에 가고 싶어진다고? 아니다. 공부를 잘하는 것만으로는 부족하다. 오히려 인기가 생기면 공부도 좀 더 잘할 수 있을 것만 같았다. 자신감이 생길 테니깐.

반에서의 인간관계는 꼭 다트 점수판 같다. 10점짜리 아이들이 있다. 반의 중심이 되는 아이들이다. 공부나 운동, 게임을 잘하거나 혹은 친화력이 아주 좋은 아이들이다. 그 애들의 말과 손짓에 반의 분위기가 달라진다. 10점짜리 애의 한마디에 따돌림이 시작되기도 한다. 그 아래로 9점, 8점, 7점……. 아이들은 한 점이라도 높은 원 안에 들어가려고 눈치를 보고, 때로는 자기보다 점수가 좋은 아이를 끌어내리고, 10점짜리 아이에게 아부를 하기도 한다.

나는 원 밖의 아이였다. 0점짜리의, 있으나 마나 한 존재. 내가 결석을 해도 반 아이들 중 누구도 신경 쓰지 않았다. 결석을 한 다음 날 학교에 가면 누구도 내게 "괜찮아?"라고 물어보지 않았다. 심지어 선생님마저도 그랬다. 학교에 있는 동안 나는 내 손가락 끝이 투명해졌으면 하고 바랐다. 차라리 투명 인간이 되어 사라지면, 그 순간만은 반 아이들이 깜짝 놀라서 나를 바라볼 테니 말이다. 나는 매일 아침 학교에 가기 싫다고 신경질을 냈고, 엄마는 그런 내게 화를 냈다.

"노력을 해. 노력을! 왜 학교에 가기 싫은지 몰라도, 네가 노력을 하면 뭐든 좋아져!"

노력이라니! 나는 이미 엄청나게 노력했다. 축구 시합에서 한 골이라도 넣으려고 밤마다 공원에서 드리블 연습을 했다. 하지만 애들은 내가 키가 작고 뚱뚱하단 이유로 시합에 끼워 주지도 않았다. 시합에 나갈 수라도 있어야 활약을 하지 않겠는가. 시험 성적이야 아무리 노력해도 고만고만하니, 발표를 열심히 해서 선생님의 시선을 끌어보려고 했다. 하지만 수업 시간에 아무리 손을 들어도, 선생님은 10점, 9점짜리 애들한테만 발표를 시켰다. 그 애들이 눈에 띄니깐 당연하다고 생각하면서도 선생님이 원망스러웠다. 나 같은 0점짜리 학생에게는 아예 기대도 하지 않는다는 건가 싶었다. 같은 반 아이에게 "이준석, 요즘 수업 시간에 왜 그렇게 설치냐?" 그런 말을 들을 후로는 손드는 것도 포기했다.

초등학교 6학년 마지막 겨울방학이 시작되기 전, 반의 모두가 들떠서 떠들었다. 어느 중학교로 가게 될까, 교복은 어떤 걸까, 중학교 생활은 어떨까. 나는 적당히 주변 애들의 수다에 어울리며 맞장구를 쳤지만 전혀 설레지 않았다. 중학교에 가도 원 밖의, 0점인 채인 걸까. 그런 생각에 겨울방학이 영영 끝나지 않았으면 싶을 뿐이었다.

하지만 기적이 일어났다.

겨울방학 한 달간, 무릎과 발목이 엄청나게 아팠다. 다리를 절룩거리며 걸어야 할 정도의 아픔이었다. 병에 걸린 건가 싶어 병원에 갔더니 성장통이라고, 급격하게 키가 클 때 그럴 수 있다면서 잘 먹고 마사지를 하라고 했다. 키가 얼마나 크려고 이렇게 아픈 건가 싶었다. 친구들 중에 이렇게 아팠다는 경우를 들은 적이 없어서 겁이 났다.

그런데 웬걸. 정말로 키가 컸다. 6학년 2학기 신체검사에서 측정했을 때는 148㎝이었는데 겨울방학이 끝날 무렵에 측정했더니 무려 162㎝가 나왔다. 한 달간 14㎝가 큰 거다. 반 애들 중에는 이미 170㎝가 된 애들도 있었으니 162㎝는 별것 아닐 수도 있다. 그러나 나는, 올려봐야 했던 친구들과 눈을 마주치고 이야기하게 되었다는 것 자체가 좋았다. 친구들도 더 이상 나를 '꼬맹이'라고 놀리지 않았다. 그러다 기회가 왔다. 같은 반의 10점짜리 아이가, 내키가 한꺼번에 많이 큰 게 신기하다고 관심을 보인 거다. 그 애는 나와 같은 학원에 다녔는데, 어느 날 학원이 끝나고 다른 학교 애들하고 축구 시합을 할 테니 내게 선수로 뛰지 않겠냐고 권유했다. 나는 당연히 하겠다고 했다. 사실 그때도 무릎이 아팠지만, 그 기회를 놓칠 수는 없었다. 그 시합에서 나는 갈고 닦았던 드리블 실력을 멋지게 선보였다. 골은 못 넣었지만, 애들이 내게 "나이스 서포트!", "드리블 진짜 잘한다. 이준석."이라며 어깨동무를 해 왔다.

나는 변했다. 그러니 중학교에 가면 10점이 될 수 있지 않을까. 마침 내가 배정받은 중학교에는 같은 초등학교를 나온 애들이 많이 없었다. 내가 0점짜리인 걸 모르는 애들 사이에서, 10점인 척을 해 보자 마음먹었다.

중학교 입학까지 남은 시간은 일주일. 그러니 작전을 잘 짜야 했다. 일주일 안에 우등생이 될 수는 없다. 일주일 안에 잘나가는 코미디언처럼 말을 잘하게 될 수도 없다. 하지만 일주일 안에 게임 랭킹을 올리는 건 할 수 있다. 초등학교 5학년 때, 오직 게임을 잘한다는 이유로 큰소리를 떵떵 치던 애가 있었다. 공부를 잘하는 애도, 운동을 잘하는 애도 그 애한테는 꼼짝을 못 했다. 그 애한테 잘 보여야 게임에서 자기와 같은 팀이 되어 줄 테니 말이다. 그 애만큼 게임을 하면 적어도 0점에서는 벗어날 수 있겠구나, 싶었다.

그래서 PC방에 간 건데, 엄마는 진짜 몰라도 너무 몰랐다. 아빠도 마찬가지다. 아빠는 골프도 잘 못 치면서, 친구들한테 기가 죽고 싶지 않다고 비싼 골프채를 샀다. 그러니까 내가 게임 아이템 현질을 하는 것도 이해를 해 줘야 하는 거 아닌가? 내가 아빠 휴대폰으로 몰래 현질을 한 걸 들킨 날, 아빠는 불같이 화만 냈다. 내가 왜 그랬는지는 물어보지도 않았다. 아빠도, 엄마도 내 말은 전혀 들으려고 하지 않는다. 그러면서 만날 학교생활에 어려움은 없냐, 고민은 없냐고 물어본다. 아빠와 엄마가 듣고 싶은 고민은 오직 공부에 대한 것뿐이다. 그래서 나는 두 사람에게 절대 내 고민을 말하지 않겠노라 다짐했다.

작전은 성공이었다. 학기가 시작되고 사흘째 되던 날에, 나는 반 남자애들에게 PC방에 가자고 했다. 같은 반이 된 기념으로 PC방 비용을 내가 내겠다고 하자, 모두 신이 나서 따라나섰다. 팀전을 벌였고, 내 리딩으로 우리 팀이 이겼다. 애들은 내게 게임을 잘한다고, 다음 번에는 자기와 같은 팀을 하자고, 주말에 다른 학교 친구랑 팀전이 있는데 도와달라고, 앞으로 친하게 지내자고 말했다. 다음 날, 학교 체육시간에 드리블을 했다. 내가 제일 많은 개수를 했더니, 애들은 게임도 잘하는데 운동도 잘한다며 또다시 나를 추켜세웠다. 대화의 중심에 놓이는 건, 열기구를 타고 하늘 높이 올라가는 것과 같았다. 조금만 더 높이 올라가고 싶다는 마음이 마구 들었다. 조금 더 인기를 끌고 싶다. 조금 더 애들이 나를 좋아해 주면 좋겠다.

그런 욕심이 든 제일 큰 이유는 한수지다.

중학교 입학식 날, 한수지를 봤을 때에는 깜짝 놀랐다. 그렇게 예쁜 애는 처음 봤다. 한수지 주변에만 반짝반짝, 빛을 뿌리는 정령이 날아다니는 것만 같았다. 한수지와 같은 반이라는 걸 알았을 때는 뛰어오르고 싶을 정도로 기뻤다. 중학교에 가면 여자친구도 생기겠지? 그렇게 떠들던 애들의 목소리가 떠올랐다.

여자친구. 한 번도 관심을 둔 적이 없던 단어가 갑자기 내 삶에 확 몰려들었다.

'이제 난 원 밖의 0점짜리가 아니야. 10점은 아니어도 7, 8점은 되지 않을까? 물론 한수지는 어떻게 봐도 10점이니깐, 내가 부족하긴 해. 아니지. 오히려 한수지와 사귀면, 나도 명백히 10점이 되는 거야.'

여자친구가 생기고 인기도 얻을 수 있다니 일석이조다. 문제는 한수지를 좋아하는 남자애가 나 하나가 아니란 거였다. "우리 반에서 누가 제일 괜찮은 것 같아?"라는 화제가 나오면 열에 여덟은 한수지의 이름을 댔다. 우리 반만이 아니라 다른 반에도 한수지를 좋아하는 애들이 상당히 많다는 소문이었다.

"한수지는 윤태형하고 사귀지 않을까?"

"2반의 윤태형? 하긴. 걔 정도는 돼야 한수지랑 급이 맞겠지. 잘생겼고 공부 잘하고. 하여간 세상 참 불공평해."

"그런데 한수지, 윤태형한테 별 관심 없다더라. 둘이 같은 학원인데 윤태형이 한수지한테 엄청 잘해줘도 시큰둥하대."

"한수지가 윤태형한테만 관심 없냐? 우리 반 남자애들한테도 관심 없잖아. 찬바람 쌩쌩."

한수지의 이름이 나오면 반드시 딸려 나오는 이름 '윤태형.' 윤태형의 이름이 나올 때마다 조바심이 났다. 윤태형이 나보다 먼저 고백하면 어쩌지 싶었다. 윤태형은 명실상부 10점짜리다. 10점과 10점의 조합. 한수지도 그걸 더 좋아할 것만 같았다. 마음이 급해졌다. 하지만 나는 연애를 해 본 적이 없다. 여자애와 길게 이야기해 본 적도 없고, 고백을 하는 방법 따위는 더더욱 모른다.

작전이다. 또다시 작전을 세워야 했다.

자주 가는 게임 사이트에 '같은 반 여자애의 관심을 끌고 싶은데 어떻게 해야 할지 모르겠다.'는 글을 올렸다. 댓글이 줄줄이 달렸다. '관심이 있다는 걸 보여줘야지', '칭찬을 하는 게 최고임', '여자애들은 예쁘다고 칭찬해 주면 대충 다 좋아함', '물어볼 데에 물어봐야지. 여기에 여자친구 있는 사람 몇이나 있다고', '차라리 너희 엄마한테 물어봐', 쓸데없는 댓글도 많이 섞여 있었지만, 몇몇 댓글은 고개를 끄덕거리게 만들었다.

'뭐가 있을까? 내가 한수지에게 관심이 있다는 걸 보여주면서 칭찬도 할 수 있는 방법.'

다트 판이 떠올랐다. 점수다. 내가 한수지를 10점으로 생각한다는 걸 알려주자 싶었다. 유튜브에서도 얼평 콘텐츠는 인기가 많다. 연예인들 사진을 평가하는 방송도 있지만, 일반인들 사진을 평가하는 방송도 있다. 그중에는 자기가 직접 사진을 올리고 평가해 달라고 하는 사람들도 많다. 그러니깐 누구든, 예쁘다는 말을 듣고 싶어 하는 거다.

'1학년 3반 여자애들 외모 순위 매기기 대회' 개최!

이거지 싶었다. 반 남자애들도 재미있어 할 테고, 자연스럽게 한수지를 칭찬할 수 있는 방법이었다. 남자애들이 모여서 떠들면 여자애들도 관심을 보일 거고 자기가 몇 등을 했는지 궁금해할 터였다. 한수지는 자기가 1등이라는 걸 분명 자랑스러워할 거다. 그럼 그때 내가 나서서 말하는 거다. "시작하기 전부터 수지 네가 일등이라고 생각했어."라고. 조금 멘트가 느끼하긴 해도 분명 잘될 거라고 믿었다.

하지만 결과는 정반대였다.

한수지가 내 쪽으로 걸어왔을 때까지는 마음속으로 작전 성공, 이라고 외쳤다. 그런데 아니었다. 한수지는 외모 순위를 매긴 종이를 보고는 얼굴이 새빨개지더니 이런 바보 같은 짓을 왜 하는 거냐고 화를 냈다.

"네가 일등인데, 왜 화를 내? 칭찬한 거잖아!"

당황해서 그렇게 말하니, 한수지는 나를 무섭게 노려보았다.

"이딴 거에서 일등을 한 게 칭찬이라고? 너 아메바니?"

아메바라니. 욕은 아니지만 기분이 나빴다. 내가 왜 그런 단세포 생물에 비교되어야 한단 말인가. 내가 얼마나 치밀하게 작전을 잘 세우는데. 속이 부글부글 끓는데, 다른 여자애들 몇 명도 내게 따지기 시작했다. "기분 나빠.

내가 왜 7등이야?", "우리도 남자애들 외모 순위 매겨 버릴 거야", "이렇게 얼평하는 거, 나쁜 일이라고 했어." 그제야 아차 싶었다. 한수지는 등수가 낮은 여자애들이 화를 내니까 눈치를 보느라 날 선 반응을 보인 게 아닐까. 여자애들은 툭하면 자기보다 더 예쁜 애를 질투한다고, 게임 커뮤니티의 사람들도 말했었다.

'학기 초인데 친구들의 질투를 사는 건, 한수지도 바라지 않겠지.'

한수지가 담임에게 순위 매기기에 참가한 애들을 혼내 달라고 말한 것도, 그렇게 생각하니 이해할 수 있었다. 그런 태도를 보여도, 사실은 자기가 1등을 한 걸 기뻐하고 있을 거라고 믿었다. 나중에 넌지시, 내가 한수지에게 제일 높은 점수를 줬다는 걸 말해주면 내 호의를 눈치챌 거라고 말이다.

설마 누군가, 외모 순위를 매긴 종이를 인터넷에 올릴 줄은 몰랐다. 그게 그렇게 큰 사건이 될 줄은 더더욱 몰랐다. 나는 상담실에 불려갔다. 선생님은 내게 다른 사람의 외모 순위를 매기는 건 좋지 않은 일이니 반성문을 써야 한다고 했다. 상담실에 앉아 반성문을 쓰는데, 교감 선생님이 복도를 지나가는 것이 반쯤 열린 문틈으로 보였다. 여자애 한 명이 교감에게 인사를 했다. 교감은 그 애에게 "너는 살만 빼면 정말 예쁘겠다."라고 말했다.

'선생님도 하잖아. 얼평. 그런데 왜 내가 반성문을 써야 해? 내가 뭘 잘못했다고?'

등수가 낮은 애들이 기분이 나쁠 수도 있다는 걸 미처 염두에 두지 못한 건 내 실수가 맞다. 하지만 그냥 점수를 매긴 것뿐이다. 꼴찌를 한 애에게 못생겼다고 말한 것도 아니고, 유튜브 얼평 방송처럼 단점을 지적한 것도 아니다. 등수가 상위권인 애들은 기분이 좋았을 게 분명하니깐 플러스마이너스 제로가 아닌가. 학교는 학생에게 마음대로 점수를 매기는데, 왜 나는 다른 애들의 점수를 매기면 안 된다는 건지 이해가 되지 않는다.

'설마 정말로 한수지가 범인은 아니겠지?'

나는 내 앞에 걸린 거울 속으로 비추어지는 교실 풍경을 바라봤다. 한수지는 등을 꼿꼿이 펴고 앉아 있었다. 시선은 어느 한쪽에 고정된 채였다. 한수지와는 '외모 순위 매기기 사건' 이후로 한마디 대화도 나누지 못했다. 어쩌다 나와 눈이 마주치면 보란 듯이 인상을 써서, 말을 걸 용기도 나지 않는다.

한수지는 범인이 아닐 거다. 아니어야 한다. 그러면 정말, 내가 무언가 크게 잘못했다는 기분이 들 것 같다. 나는 잘못한 게 없다. 절대로.

2 거울 앞에 서다_한수지

중학생이 되면 뭔가 달라질 줄 알았다.

예쁘다는 칭찬을 들으면 체한 듯한 답답함을 느끼게 된 건 언제부터일까. 어릴 때에는 예쁘다는 칭찬을 들으면 마냥 기뻤다. 그런 칭찬을 하는 사람들은 내게 친절하게 대해 주었으니깐.

열한 살 때, 미술대회에 참가했다. 학교에서 개최한 교내 대회였다. 반에서 두 명씩, 미술시간에 그린 그림 중 잘그린 것을 뽑아 전시하고 상을 준다고 했다. 대상을 받은 사람은 학교 홍보 영상에도 출현할 거라고 해서, 아이들 모두 열심히 그렸다. 우리 반에서는 나와, 내가 좋아하던 남자애가 뽑혔다. 전시회가 열렸고, 나는 대상을 탔다. 남자애는 내게 "예뻐서 좋겠다. 상도 쉽게 타고."라고 말했다. '예쁘다'는 말이 오롯이 칭찬이 아님을 깨달은 순간이었다. 마음이 와르르 무너져 내렸다. '내가 더 잘 그렸어. 예뻐서 뽑힌 게 아니라고.' 그렇게 애서 스스로를 다독여도 이미 싹튼 의심을 완전히 뽑아낼 순 없었다. 다른 사람들도 내가 실력으로 뽑힌 게 아니라고 여기면 어떻게 하지? 앞으로 내가 뭘 잘해도 인정받지 못하면 어떻게 하지? 예쁘지 않은 나는 가치가 없는 걸까? 고민이 머릿속을 가득 채웠다.

"아빠, 내가 예쁘지 않게 되면 어떡해?"

부모님에게 고민을 털어놓으려 했다. 하지만 아빠도, 엄마도 내 말을 진지하게 듣지 않았다. 껄껄 웃으면서 "우리 딸은 늘 예쁜데, 무슨 걱정이야." 그렇게 답할 뿐이었다. 친구들에게 부모님이 내 말을 들어주지 않는다고 하소연을 했다. 다들 앞다투어 나도, 나도 그래, 라고 했다. 같은 고민을 공유했다는 동질감에, 친구들과의 거리가 한층 가까워진 듯 느껴졌다. 그러나 다음 순간, 거리는 다시 멀어졌다.

"그래도 수지는 예쁘잖아. 부러워."

"맞아. 그렇게 예쁘면 부모님하고 말 안 통하는 것쯤은 상관없지 않아? 적어도 엄마한테 살 빼라는 잔소리는 안 들을 거 아냐."

초등학교 고학년이 되면서 친구들 사이에서 외모 이야기가 화제가 될 때가 많아졌다. 아이들은 너도나도 한 명씩, 자기 외모에서 불만족스러운 부분을 이야기했다. "나는 허벅지가 뚱뚱해." 그러면 다른 애들이 앞다투어 그 애를 위로했다. "네가 뭐가 뚱뚱해? 나야말로 코끼리 허벅지인데", "허벅지는 치마 입으면 안 보이잖아. 내 종아리 알밴 것 좀 봐. 이건 옷에 가려지지도 않잖아." 위로하는 말에는 법칙이 있었다. 불만을 말한 상대와 자신을 비교해서 '나도 너보다 못난 부분이 있으니깐 괜찮아.'라고 말하는 것이다. 특히 학기 초에 그런 대화가 많이 이루어졌다. 흡사 '이 관문을 통과하지 않으면 친구가 될 수 없다.'는 듯이 말이다.

나는 코가 너무 낮아, 나는 쌍꺼풀이 없어……. 아이들이 쏟아내는 외모에 관한 불만에, 나도 기계적으로 고개를 끄덕이며 맞장구를 쳤다.

"수지는 고민이 없나 봐. 만날 맞장구만 치고, 자기 이야기는 안 하네."

누군가 내게 그렇게 말했고, 나는 그냥 웃었다. 아이들이 바라는 나의 '고민'이, 내 진짜 고민이 아니라는 것도 모를 정도로 눈치가 없진 않았다. 모두가 외모에 대한 불만을 이야기하며 친근함을 쌓아가는 그 안에서 "예쁘다는 말이 칭찬으로 들리지 않아."라고 이야기하면 어떤 반응이 돌아올지 상상도 되지 않았다.

"하긴. 수지는 예쁘잖아."

"맞아. 예쁘고 쿨하고. 중학생 되면 교복도 잘 어울릴 거야."

"난 교복 예쁘게 입으려면 지금부터 살 빼야 해."

내가 대답하지 않아도 대화는 이어졌다. 그래서 나는 점점 더, 말하지 않게 되었다. 아이들이 바라는 것은 그저 예쁘고, 쿨하고, 인형처럼 완벽한 내 겉모습뿐인 것 같았다.

'중학생이 되면 무언가 달라질 거야.'

중학생이 된다는 건, 한층 더 어른에 가까워진다는 의미다. 열세 살과 열네 살. 고작 한 살 차이지만 그 1년은 열두 살이 열세 살이 되는 것과는 완전히 다를 것이다.

'키키도 열네 살 때부터 진짜 마녀가 되기 위한 수련을 시작하잖아.'

『마녀 배달부 키키』는 내가 가장 좋아하는 애니메이션이다. 친구들 중 누구에게도 밝히지 못한, 내 비밀 중 하나다. 누구도 내게 무슨 영화를 좋아하냐고 물어보지 않아서 비밀 아닌 비밀이 되어 버렸다.

『마녀 배달부 키키』. 열네 살 키키가 고향을 떠나서 진짜 마녀가 되기 위해 택배 일을 하기 시작한다는 내용이다. 마을 사람들은 키키가 마녀라고 해서, 그녀가 모든 일을 잘할 거라고 생각하지 않는다. 키키의 실수도 인정해 주고, 키키의 노력 그 자체를 봐 준다.

그러니까 나도 열네 살이 되면, 초등학교를 떠나 중학교라는 새로운 장소에 가면 키키처럼 될 수 있을 것만 같았다. 키키가 우르술라를 만나서 고민을 털어놓았듯이 진짜 고민을 나눌 친구가 생기는 거다. 그 장면은 내가 『마녀 배달부 키키』에서 가장 좋아하는 장면이다. 슬럼프에 빠진 키키에게 우르술라는 말한다. 자기는 노력해도 그림을 그릴 수 없으면 아무것도 하지 않는다고. 산책을 하거나, 경치를 구경하거나, 낮잠을 자다 보면 또다시 그리고 싶어지는 때가 온다고. 우르술라처럼 나를 자신의 집에 초대해서 따뜻한 우유를 타 주는 친구가 생기면 정말 행복할 거다. 어쩌면 톰보처럼 마음이 맞는 남자애를 만날지도 모른다. 괜히 소리를 꽥꽥 질러가면서 관심을 끌려고 하는 유치한 남자애들 말고, 진지하게 꿈에 대해 이야기할 수 있는 남자애 말이다. 톰보 같은 애는 "왜 내가 좋은데?"라는 질문에 "예쁘잖아."라는 바보 같은 대답은 하지 않을 것이다.

그런 기대에 차서 중학생이 되기를 기다렸다. 입학식 전날까지 몇 번이고 교복을 입었다가 벗어보기도 하고, 같은 반이 될 아이들에게 어떻게 말을 걸까도 고민했다. 입학식 날에 누군가 곤경에 처하면 꼭 도와주리라, 다짐도 했다. 키키가 마을에 정착할 수 있었던 것도, 빵집 아줌마를 도와줬기 때문이니깐.

하지만 막상 시작된 중학생 생활은 실망의 연속이었다.

내가 다니던 초등학교를 졸업한 아이들 대부분이 이 중학교에 진학한다는 걸 왜 생각하지 못했을까? 설레는 마음으로 배정받은 1학년 3반의 교실 문을 열었는데, 반 애들 절반쯤은 같은 초등학교 출신이었고 나머지 절반의 절반은 같은 학원에 다니는 애들이었다. 내가 자리에 앉자마자, 남자애 중 한 명이 내가 예쁘다면서 욕설 섞인 감탄을 내질렀다. 키득거리는 웃음소리가 이어졌고 여자애들 몇몇이 내 자리로 왔다. 남자애들 욕 섞어 쓰는 거 진짜 싫다면서 나를 위로하던 대화는, 곧 외모 이야기로 이어졌다. "수지 너 진짜 예쁘긴 해." 그 말을 듣는 순간, 무언가 첫 단추가 단단히 잘못 끼워졌다 싶었다. 아이들과 아무렇지 않은 듯 대화를 나누었지만 화가 치밀어 올랐다. 할 수 있다면, 쓰레기처럼 던져진 말을 있는 힘껏 꽉 구겨서 쓰레기통으로 던져 버리고 싶었다.

그때 내게 쓰레기를 던진 게 이준석이다. '외모 순위 매기기 대회'의 주동자. 종이에 쓰인 이름과 점수를 보았을 때에 처음 치솟아 오른 감정은 두려움이었다. 그 점수는, 내 불안을 그대로 보여주었다. 10점. 9점. 8점. 7점……. 다음 번에는 내가 9점이 되면 어떻게 하지? 8점이 되면? 다음으로는 화가 났다. 애들이 뭔데 나를 평가하고 있는 건가 싶었다.

학교와 학원은 학생을 평가한다. 점수를 매기고, 등급을 나눈다. 대회에서도 참가자를 평가하고, 회사에서는 입사 지원자를 평가한다. 내가 다니는 학원에서는 석 달에 한 번씩 전국 모의고사를 보는데, 시험을 보면 등수가 매겨진 성적표가 나온다. 엄마의 휴대폰으로도 전송이 되어서 위조하거나 숨길 수도 없다. 아빠와 엄마는 그 시험을 매우 중요하게 여긴다. 좋은 대학에 가려면 지금부터 좋은 점수를 받기 위해 노력하는 습관을 들여야 한다나. 시험공부를 하다가 밤이 되면 궁금해지곤 한다. 어른들은 왜 이렇게, 끊임없이 평가하고 평가받는 루트를 만들어 놓은 걸까. 그러다 깨달았다. 나는 아무리 싫어도, 학교나 학원이 나를 평가하고 점수를 매기는 것을 거부할 수 없다. 부모님이 미성년자인 나의 보호자이고, 내가 그 시스템 안에서 생활하기를 원하기 때문이다. 부모님이 학교나 학원에, 나를 평가할 권리를 부여한 것이다. 회사도 마찬가지다. 내가 그 회사에 들어가고 싶다면, 회사의 시스템을 따를 수밖에 없다. 그러니 회사가 내 능력에 점수 매기는 것을 감내해야 한다. 하지만 회사에 들어가야 하는 나이가 되면 나는 성인이니까, 그 시스템이 싫으면 따르지 않아도 된다. 내가 직접 회사를 만들 수도 있고, 점수가 아닌 다른 평가 방식을 가진 회사를 선택할 수도 있을 거다.

그러니까, 평가를 하는 쪽은 평가받는 쪽보다 권력을 지니고 있다. 그것이 결론.

'…… 그럼 나한테 예쁘다고 하는 사람들은 뭐지? 예쁘다는 것도 평가잖아. 예쁘다, 예쁘지 않다는 기준이 평가하는 쪽에 있는 거니깐.'

거기서 생각이 멈췄다. 무언가 알 것만 같은데, 알 수가 없어서 답답했다. 그리고 그날 이후로 '예쁘다'는 말을 들으면 체한 듯 증상이 더욱 심해졌다.

그 답답함이, 이준석을 향해 폭발했다.

"네가 일등인데 왜 화를 내?"

이준석은 정말 영문을 모르겠다는 표정으로 내게 그렇게 물었다. 반성문을 썼다지만, 걔는 지금도 모를 거다. 자기가 뭘 잘못했는지, 내가 왜 기분이 나빴는지 말이다.

나는 거울 안에 비친, 교실의 풍경을 물끄러미 들여다보았다. 교실 한쪽에 모여 앉은 아이들의 목소리가 들렸다. 범인이 누굴까, 하는 말들이다. 범인이라니, 웃기지도 않는다. 범인은 나쁜 짓을 한 사람을 일컫는 단어다.

'외모 순위를 매긴 쪽이 나쁘지, 왜 그걸 고발한 쪽이 나빠?'

하긴, 홍길동이나 로빈 후드도 사람들의 돈을 빼앗는 탐관오리에 맞서 싸웠지만 도둑이라고 불렸다. '외모 순위 매기기 사건'을 고발한 쪽을 범인이라고 불러야 한다면, 나는 '정의로운 범인'이라고 부르고 싶다.

정의로운 범인. 그는 누구인가.

요즘 1학년 3반의 모두는 이 '범인 찾기'에 푹 빠져 있다. 나도 범인 용의자 중 하나다. 정의로운 범인이라면, 되어도 나쁘지 않다.

나는 거울 속에 비치는 '정의로운 범인'의 모습을 바라보았다.

'외모 순위 매기기 사건'이 일어난 날, 체육시간에 위경
련이 왔다. 체육 선생님에게 양호실에 가겠다고 말하고 학
교 안으로 들어왔다. 우리 교실 옆을 지나 양호실로 향하
는데, 교실 안에 누군가 있는 듯했다. 약간 열린 문틈으로
안을 들여다봤다. 누군가 내 책상 서랍 안에서 무언가를
꺼내, 휴대폰으로 사진을 찍고 있었다. 나는 벌컥, 교실 문
을 열었다.

"너, 내 자리에서 뭐 하는 거야!"

경직된 등이 나를 향해 뒤돌아섰다. 박남준이었다. 그다
지 특별할 것 없는, 평범한 남자아이다. 이준석이 외모 순
위를 매긴다고 떠들고 있을 때, 박남준이 그런 거 하지 말
라고 말하던 것을 봤다. 내가 다가가자, 박남준은 머뭇
거리며 책상에 올려두었던 종이를 내게 내밀었다. 구깃구
깃 구겨서 서랍 안에 처박아 두었던 외모 순위가 매겨진
종이였다.

"이걸 찍어서 어디에 쓰려고?"

"······ 인터넷에 올릴 거야. 담임이 아무것도 안 해주니

까, 바깥에 하소연할 수밖에 없잖아. 이대로 넘어가면 이준석, 이런 거 또 할지도 몰라."

"만약 네가 그런 거 들키면, 너 남자애들 사이에서 따돌림당할 수도 있어."

박남준은 고개를 숙이고, 한참이나 자기 발끝을 내려다보다가 고개를 들었다.

"그래도 상관없어."

박남준의 눈빛은 결의에 차 있었다. 인터넷에 올리다니. 나도 생각해 보지 않은 것은 아니었다. 하지만 그 방법을 택하기에는 내가 감내해야 할 위험이 너무 컸다. 학기 초라서 아직 친구 그룹도 채 완성되지 않은 시점이다. '고자질쟁이' 딱지가 붙으면 누구도 반기지 않을 것이다. 혹시 학교에 소동이 일어나면 2, 3학년 선배들에게 밉보일 수도 있다.

"왜 그렇게까지 하려는 건데? 네 이름이 이 종이에 있는 것도 아니면서."

나는 박남준이 내민 종이를 받아들며 물었다. 박남준은 내게로 가까이 다가와, 작은 목소리로 소곤소곤 자신의 '이유'를 말했다.

"비밀로 해 줄 수 있어?"

나는 고개를 끄덕거렸다.

그날 박남준이 말해 주었던 '이유'가 귓가에서 맴돈다. 나는 거울에서 눈을 떼고, 고개를 돌려 박남준을 바라보았다. 그 순간 박남준도 뒤돌아봤다. 나와 박남준의 시선이 마주쳤다. 시끄러운 교실 안의 소음이 한순간 모두 사라진 듯했다. 비밀이야. 소곤거리던 박남준의 목소리만이 고요함을 채워 나갔다.

비밀을 공유한 사이.

'우르술라는 찾지 못했지만, 톰보는 만났을지도.'

이제까지 실망스러웠던 중학교 생활이 조금은 달라질 것 같다.

거울 앞에 서다_김혜영

중학생 따위 되고 싶지 않았다.

또 여드름이 났다. 교실에서 거울을 보는 건 아무래도

창피하지만, 손거울을 놓고 와서 어쩔 수가 없다. 아예 보지 않으면 될 텐데, 그러기에는 여드름이 너무 신경 쓰였다.

'…… 꼴찌를 할 만도 해.'

종이 가장 아래에 적힌 이름을 봤을 때 올 게 왔구나, 싶었다. '1학년 3반 여학생 외모 순위'라는 글자를 보자마자 얼굴에 열이 확 올랐다. 꽉 끼는 교복이 창피했고, 쥐구멍이 있다면 숨고 싶은 심정이었다.

1월 중순에 교복을 맞출 때만 해도, 이렇게 옷이 끼지 않았다. 교복을 줄이고 싶다고 했다가, 키가 클 테니 안 된다고 하는 엄마와 싸우기까지 했었다. 그때 엄마 말을 들어서 다행이었다. 교복을 줄였다면 입학식 날엔 아예 입을 수가 없었을 거다. 1월부터 3월, 고작 두 달 만에 5kg이 늘어날 줄은 몰랐다. 교복 허리가 꽉 낀다고 울고불고 난리를 쳤지만 엄마의 반응은 심드렁했다. "왜? 교복 줄이고 싶어 했잖아. 키가 컸으니깐 체중도 늘었겠지", "키는 고작 1cm 컸는데 체중이 5kg가 늘었다니깐!" 아무리 말해도 엄마는 사태의 심각성을 몰랐다.

하지만 정말 심각한 문제는 여드름이었다.

처음 여드름이 난 건 1년 전, 6학년 초였다. 그때는 이마에 한 개가 났다가, 가라앉았다가 다른 곳에 또 하나가 나는 식이라 크게 신경이 쓰이진 않았다. 인터넷에서 본 대로 손대지 않고 약을 바르면 바로 나았다. 하지만 여름방학이 지나고, 여드름이 폭발했다. '폭발'이라는 단어 말고는 그 현상을 설명할 수가 없다. 내 피부 아래에 대체 무엇이 숨겨져 있었던 걸까 싶을 정도였다. 이마의 절반이 울긋불긋한 여드름으로 뒤덮였다. 크고 빨간 대장 여드름 서너 개가 한꺼번에 날 때까지만 해도, 내게도 전투 의지가 있었다. 어떻게든 이놈들을 없애고야 말겠다, 라는 의지로 꼼꼼히 씻고 약을 바르고 일주일에 한 번씩 피부과에도 갔다. 하지만 대장 여드름 주변으로 작고 흰 여드름이 솟아올랐을 때, 내 전의는 완전히 사라졌다.

"여드름이 나는 건 누군가 그 사람을 열렬하게 생각해서 그런 거라더라."

피부과 선생님은 그렇게 말하며 나를 위로했다. 그러고는 사춘기 때에 호르몬 변화가 심해서 일시적으로 심해질 수 있다고, 두고 보자고 했다. 일시적으로. 내 희망은 그것뿐이었다. 중학교 입학 전에는 가라앉겠지, 하는 믿음. 그렇지만 중학교 입학식 날에도 내 이마는 여드름 투성이었다.

그렇게 시작한 내 중학교 생활은 매일이 여드름과의 전쟁이었다. 하나를 짜면 또 하나가 솟아오르는 여드름처럼, 매일 짜증이 치솟아 올랐다. 아침에 눈만 떠도 짜증이 났다. 아침 식탁에 여드름에 좋지 않은 버터 바른 토스트가 놓인 것도 짜증 났고, 박남준이 같이 학교에 가자고 찾아오는 것도 짜증 났고, 친구들이 외모 이야기를 하는 것도, 남자애들이 내 여드름을 놀리는 것도 짜증 났다. 하지만 가장 짜증 나는 건, 다른 애들에게는 괜찮은 척 웃어 보이면서 박남준에게만 짜증을 내는 나다.

박남준은 나의 소꿉친구다. 엄마와 박남준의 엄마가 조리원 친구인데다 사는 아파트도 동만 달라서 유치원, 초등학교를 함께 다녔다. 앨범을 보면 나는 기억도 나지 않는, 배냇저고리에 쌓인 아기 때부터 박남준과 함께 찍은 사진이 한가득이다. 모르는 사람이 나와 박남준의 앨범을 보면

이 두 명이 남매구나, 하고 착각할 정도다. 하지만 나는 박남준이 내 오빠나 남동생이 아니라서 다행이라고 생각한다. 오빠가 있는 친구들 말을 들어 보면 오빠는 여동생에게 심부름을 시키지 못해 안달이 난 존재인 듯하다. 물 떠와라, 불 꺼라, 라면 끓여라……. 아니다. 박남준이 내 오빠가 되면, 얼마 없다는 '동생 바보' 오빠가 되지 않을까? 박남준은 내게 늘 상냥하다. 나뿐만이 아니라 모두에게 상냥하지만, 내게는 특히 더 상냥하다.

하지만 이러다가는 박남준도 나를 싫어하게 될 거다. 아니다. 이미 싫어하게 된 건지도 모른다. 외모 순위를 적은 종이에서 나는 0점이었다. 반의 남자애들은 15명. 여자애들보다 5명이나 많다. 그러니 한 명이라도 내게 점수를 줬으면 0점일 수가 없다.

오늘 아침, 나는 학교에 가지 않겠다고 선언했다. 내 맞은편에 앉아 토스트에 잼을 바르던 엄마는, 놀란 기색도 없이 잼 바른 빵을 내 접시에 놓으며 말했다.

"토스트로 맞기 싫으면 가라, 학교."

"왜 가기 싫냐고 물어보지도 않아?"

"뻔하잖아. 너희 반 남자애들이 한 그거, 여자애들 외모 순위 매긴 거 때문 아니야. 꼴찌한 게 뭐 어때서? 그걸로 누가 놀리면 말해. 그런 걸로 사람 놀리면 재미있냐고. 놀리는 사람 눈을 똑바로 보고, 진지하게 물어 봐. 그런 놈들, 상대방이 웃지 않아야 자기 하는 짓이 그저 한심할 뿐 조금도 재미있지 않다는 걸 알아."

"······ 엄마는 아무것도 몰라."

엄마는 강하다. 엄마는 노동전문 변호사다. 법을 어긴 회사를 상대로도 당당하게 할 말을 하는 멋진 사람이다. 그렇지만 나는 강하지 않다. 나를 놀리는 애들에게 그러지 말라는 말도 하지 못한다. 엄마처럼 강하면 좋을 텐데, 나는 왜 엄마를 닮지 않은 걸까. 더욱 비참한 기분이 되었다. "혜영아, 학교 가자." 현관문 밖에서 박남준이 나를 불렀다. 나는 그 목소리를 핑계로, 토스트에 손도 대지 않고 식탁 앞에서 일어나 가방을 들고 뛰쳐나갔다. 엄마 얼굴을 일 분도 더 보고 싶지 않았다.

"어제도 댓글 달렸어. 꼴찌는 대체 얼마나 못생겼기에 빵점인 거냐고."

학교로 향하는 동안, 나는 박남준에게 하소연했다. 학교에 가기 싫은 이유는 이거다. 악플. 외모 순위를 매긴 종이는 인터넷 곳곳으로 퍼졌다. 그만큼 수많은 댓글이 달렸는데, 그중에는 악플도 있었다. 악플 중 대부분은 꼴찌인 나를 향한 것이었다. '꼴찌 얼굴 궁금하네', '빵점은 좀 충격이다', '이름 가려진 모자이크 없애보고 싶네', '쟤네 학교 애들은 어차피 누구인지 다 알 거 아냐?' 그런 악플을 볼 때마다 숨이 막혔다. 누군가, 내가 얼마나 못생겼는지 학교로 확인하러 오면 어쩌나 싶어 겁이 나기도 했다.

"신경 쓰지 마. 악플 다는 애들, 다 찌질이야."

박남준은 나를 위로했다. 머리로는 알았다. 박남준의 잘못은 없다는 걸. 박남준은 진짜 나를 위로하고 있다는 걸. 하지만 짜증이 났다.

"내가 괜찮지 않다는데, 왜 다들 신경 쓰지 말라고 해? 내가 잘못한 거 없는 거, 잘못은 걔네가 했다는 거 나도 알아. 하지만 신경이 쓰인다고!"

나는 박남준을 향해 소리를 질렀다. 학교 교문 앞이었다. 교문을 지나던 아이들 몇몇이 나와 박남준을 봤다. 얼굴에 또 열이 올랐다. 박남준은 멍한 표정으로 나를 봤다.

'…… 남준이 너도, 나한테 점수 안 줬잖아.'

나는 금방이라도 튀어나오려는 말을 꾹 참고 뒤돌아섰다. 그건 내가 지켜야 할 마지막 자존심이었다. 그리고 점심시간이 다가오는 지금까지, 나는 박남준을 모른 척하고 있다.

'못났다. 김혜영. 이렇게 못났으니깐 여드름이 나지.'

한숨이 나왔다. 얼굴도 못났고, 성격도 못났다. 나는 진짜 내가 싫다. 얼굴에 난 여드름만큼이나 싫다. 거울에 비친 내 얼굴을 멍하니 바라보는데, 한수지가 내 옆으로 다가왔다. 한수지와 나는 같은 학원에 다니지만 배우는 반이 달라서 그다지 친하지 않다. 학교에서도 학원에서도 인사만 하고 지내는 정도다. 그래서 한수지가 내게 말을 걸려한다고 생각하지 못하고, 거울을 보려고 하는 줄 알고 자리를 비켜 주려고 했다.

"김혜영, 너도 범인이 외모 순위 매기기 사건, 인터넷에 올린 거 잘못이라고 생각해?"

한수지는 나를 붙잡아 세우더니 불쑥 물었다. 거울에 나

와 한수지의 얼굴이 나란히 비추어졌다. 일등과 꼴등. 10점
과 0점. 악플 중에는 '꼴찌가 일등 한 여자애 엄청 질투하
겠네.'라는 것도 있었다.

"아니. 잘못한 거 아니야."

"그 사람이 올리지 않았으면, 악플도 달리지 않았을 텐데?"

"…… 그래도 그 사람이 잘못한 건 아니잖아."

그 악플을 단 사람은 틀렸다. 나는 한수지를 질투하지
않는다. 나는 한수지가 되고 싶은 게 아니다. 나도 내가 어
떻게 되고 싶은 건지는 모른다. 하지만 '누군가처럼' 되고
싶지 않은 것만은 확실하다. 나는 어떤 내가 되고 싶은 걸
까. 처음으로 궁금해졌다.

"나도 범인은 잘못 없다고 생각해. 정의로운 범인이라고."

"정의로운 범인이라. 그 말 좋다. 나도 애들이 범인이라
고 부르는 거 싫었어."

"그렇지? 혜영이 넌 왠지, 나와 말이 통할 것 같았어."

한수지는 내 옆으로 더욱 바싹 다가와 섰다. 그러고는
작은 목소리로 소곤거렸다.

"정의로운 범인, 박남준이야."

"…… 뭐?"

"나 그날 체육시간에 배 아파서 교실에 갔잖아. 그때 봤어. 남준이한테 물어봤거든. 네 일도 아닌데, 왜 그렇게까지 하냐고. 남준이가 뭐라고 했는지 알아?"

나는 고개를 가로저었다. 박남준이 그런 일을 할 거라곤 상상도 하지 못했다. 박남준은 게임도 하지 않고, 페이스북 아이디도 만들지 않았을 정도로 SNS에 관심이 없다. 그래서 다른 애들이 "박남준도 용의자 아냐?"라고 말할 때에 나는 코웃음을 쳤었다. 박남준에 대해 아무것도 모르면서, 라고 말이다.

"혜영이 네가 그 종이 보고 너무 슬픈 표정을 지어서 그랬대."

"…… 뭐?"

"박남준, 아예 투표 안 했다더라. 그런 거 왜 하냐고 이준석하고 싸웠대."

박남준이 내게 점수를 주지 않은 게 아니었다. 그 사실에 쌓여 있던 짜증이 스르륵 녹았다.

"비밀로 해달라고 했지만, 아침에 너랑 박남준이 싸우는 것 같아서 알려줘야겠다 싶었어. 난 승부는 정정당당한 게 좋거든."

"승부?"

"우르술라와 톰보를 두고 겨루는 것도 재미있을 것 같아."

툭. 한수지는 내 팔을 치며 웃고는 교실 밖으로 나갔다. 나는 한수지의 뒷모습을 바라보다가, 다시 거울로 시선을 돌렸다. 어쩐지 이마에 난 여드름이 이전만큼 흉해 보이지는 않았다.

나는 어떤 내가 되고 싶은 걸까.

'일단은…… 남준이에게 제대로 사과하는 내가 되고 싶어.'

오랜만에 함께 하교하자고 말해보자. 거울 속의 내가 웃었다.

 4 거울 앞에 서다_박남준

중학생이 되어도 변하는 건 없다고 믿었다.

"우리, 하교는 따로따로 하자. 애들이 놀린단 말이야."

중학교 입학식 날에 김혜영은 내게 그렇게 말했다. 서운했다. 그 서운함은 중학생이 되면 무언가 엄청나게 변하는 것이 아닌가, 덜컥 겁이 나게 만들었다.

알고 있었다. 주변의 모두가 조금씩 변하고 있다는 것을.

초등학교 고학년이 되면서 게임을 하지 않던 애들도 한두 명씩 게임을 시작했다. 나도 친구를 따라서 몇 번 해 봤지만, 영 재미가 없었다. 무엇보다 게임을 할 때면 다른 사람처럼 욕을 하는 친구들에게 적응이 되지 않았다. 친구에게 게임이 그렇게 재미있냐고 물었더니 "별로. 그렇지만 게임 등급 낮으면 애들이 무시하잖아."라고 대답했다. 친구는 점차 게임 안에서 쓰는 욕을 일상에서도 섞어 쓰기 시작했다. 그러지 말라고 하면 "꼰대냐?"라고 빈정거렸다.

그래도 나와 김혜영의 관계만큼은 변하지 않을 거라고 믿고 싶었다. 그렇지만 오늘 아침, 김혜영은 나를 놔두고 혼자 교문 안으로 들어가 버렸다. 충격이었다. 김혜영이 내게 등을 돌린 것도 충격이었지만, 김혜영이 악플 때문에 그렇게까지 스트레스를 받고 있는 걸 몰랐다는 것도 충격이었다.

'내가 잘못한 걸까?'

김혜영이 악플을 받은 건 나 때문이다. 내가 '외모 순위 매기기 사건'의 종이를 인터넷에 올린 탓이다. 인터넷에 글을 작성하지 않았다면 댓글도 달리지 않았을 거다.

외모 순위 매기기 사건.

중학교에 입학하고 며칠 지나지 않았을 때, 이준석이 다 같이 PC방에 가자고 했다. 반의 남자애들이 전부 가는 분위기라 나도 따라갈 수밖에 없었다. 뭐나 먹자 싶어서 컴퓨터 앞에 앉아 메뉴판을 들여다보고 있는데, 이준석이 반 애들끼리 팀을 나누어서 팀전을 하자고 했다. 게임을 못한다고 말했지만 머릿수를 채워야 한다고 해서, 어쩔 수 없이 아이디를 만들고 접속을 했다. 나는 이준석과 같은 팀이 되었다. 이준석은 정말로 게임을 잘했다. 초보자인 내가 팀에 끼어 있는데도 지시를 척척 내려서 팀을 승리로 이끌었다. 반면에 나는 자꾸만 실수를 했다.

"박남준, 제대로 안 해? 너 때문에 질 뻔했잖아!"

"하여간 저 샌님."

같은 팀 몇몇이 내가 실수를 할 때마다 욕을 했다. 헤드폰을 통해 욕이 흘러들어올 때마다 머릿속에 전기 자극이 가해지는 듯 저릿해졌다. 나도 모르게 친구들의 욕을 따라서 중얼거리다가 흠칫 놀랐다. 욕이라는 건 전염되는 거구나, 싶었다.

"박남준 게임 처음 하는 거잖아. 못할 수도 있지, 왜들 그러냐."

이준석이 내 편을 들자 그제야 욕설이 잦아들었다. 내 옆옆 자리에 앉아 있던 이준석이 내 쪽을 슬쩍 보더니 씩 웃었다. 좋은 애구나, 싶었다.

그래서 이준석이 '외모 순위 매기기 대회'를 열자고 했을 때는 놀랐다. 이준석은 반 여자애들의 이름을 종이에 주르륵 쓰고는, 예쁘다고 생각하는 순위대로 10점을 나누어 매기는 거라고 신이 나서 설명을 했다. 모여든 남자애들 중 몇몇은 재미있겠다고 웃었고, 몇몇은 심드렁하게 바라보았다.

'같은 반 친구에게 점수를 매긴다고?'

영 마음이 내키지 않았다. 누군가 '네 얼굴은 몇 점짜리야!'라고 말하면 정말 싫을 거다. 그런 일을 겪고 기분 좋을 사람이 있을까? 겪는 쪽이 기분 나쁜 일이라면, 그게 장난이 될 수 있을까? 하지만 다른 애들은 거리낌 없이 이름 옆에 점수를 적어 나갔다. 여기서 하지 말자고 나섰다가는 또 욕을 들을 것만 같았다. 불편함에 손가락을 꼼지락거리는 사이, 종이가 내 앞에 도착했다. 내가 마지막이었다. 내키지 않은 기분으로 종이를 받았는데 '김혜영' 이름 옆에 아무것도 적혀 있지 않은 게 눈에 확 들어왔다. 빵점이란 소리다. 내가 10점을 다 김혜영에게 줘도, 김혜영이 꼴찌가 된다.

"이 대회, 너무 뻔한 거 아냐? 다 한수지한테 점수 몰아주고 있는데?"

"한수지가 갑이지. 레벨이 다르잖아, 걔는."

"나머지 애들은 다 고만고만하잖아."

"아니지. 꼴찌도 딱 정해져 있잖아. 김혜영! 여드름 대마왕!"

낄낄거리는 웃음소리에, 여드름이 날 때마다 작아지던 김혜영의 목소리가 겹쳐졌다. "남준아, 나 여드름 난 거 괴물 같지?" 아니라고 말해도 김혜영의 목소리는 날이 갈수록 더 작아졌다. 그까짓 여드름이 뭐라고, 풀이 죽은 김혜영을 보고 있으면 마음이 아팠다.

김혜영은 나의 소꿉친구다. 어릴 적부터 뭘 하든 같이 하는 게 당연한 사이이다. 김혜영이 피아노 학원을 다니면 나도 다녔고, 그만두면 나도 그만뒀다. 김혜영이 없으면 뭘 하든 재미가 없었다. 김혜영이 내 옆에서 밝은 목소리로 재미있다, 라거나 나 진짜 잘하지, 그렇게 말하는 걸 듣는 게 좋았다. 친구들은 종종 내게 "너 김혜영이랑 사귀어?"라고 물었는데, 그때마다 나는 고개를 가로저었다. 사귀는 건 아니니깐. 하지만 "너 김혜영 좋아해?"라고 물으면 고개를 끄덕거렸다. 초등학교 6학년 때 친구는 내게 한심하다는 듯 말했다. "넌 왜 그렇게 김혜영한테 꼼짝을 못해? 걔 별로 예쁘지도 않은데." 나는 그 친구와 주먹다짐을 하며 싸웠다. 엄마는 무슨 일이 있어도 폭력은 안 된다고, 내게 엄청나게 화를 냈다. 김혜영도 내게 화를 냈다. 싸우다가 다치면 어쩌려고, 라고. 나는 엄마에게도, 김혜영에게도 내가 왜 싸웠는지 말하지 않았다.

탁. 나는 샤프를 내려놓았다.

"난 이거 참여 안 할래. 유치해."

웃음소리가 멈추고, 모여 서 있던 애들의 시선이 내게로 쏠렸다.

"유치하다고?"

이준석이 나를 노려봤다.

"유치하잖아. 중학생이나 되어서 같은 반 여자애들 외모 순위나 매기고 있다니. 이런 건 초등학교 때 졸업하는 거 아냐?"

"같은 반 애들끼리 친해지자고 하는 거잖아."

"여자애들은 우리 반 아냐? 걔들 기분은 나쁘게 해도 돼?"

"야. 여자애들이 왜 기분이 나빠?"

"넌 그럼 누가 네 얼굴에 점수 매기면 좋아?"

"장난이잖아, 뭘 그렇게 예민하게 구냐?"

나와 이준석을 둘러싼 아이들도 한마디씩 던졌다. "맞아. 장난이잖아", "박남준, 네가 그러면 우리가 뭐가 돼?", "평상시처럼 구석에 박혀 있어." 남자애들이 모여 선 자리가 왁자지껄해졌다. 나와 이준석의 말싸움을 끝낸 건, 한수지의 등장이었다. 이준석은 한수지가 화를 내자, 왜 화를 내는지 정말로 모르겠다는 표정을 지었다. 한수지가 담임에게 여자애들의 외모 순위를 매긴 종이를 내밀었을 때는, 이걸로 사건이 끝났다고 생각했다. 선생님이 무언가 조치를 취해 줄 거라 믿었다. 하지만 선생님은 한수지에게 이런 '장난'은 큰일이 아니라고 말했을 뿐이다.

"들었지, 박남준? 선생님도 장난이라고 했잖아."

쉬는 시간에 이준석은 내 자리 앞에 버티고 서서 이죽거렸다. 이준석을 따르는 몇몇 애들이 함께 내 주변을 둘러쌌다.

"이번에 박남준 때문에 망쳤으니깐 2회 열자."

"좋네. 이번에는 여자애들한테 들키지 않게 하자."

"아예 남자애들끼리 단톡방 만들어서 거기서 하면 어때?"

내게 들으란 듯 떠드는 말을 들으며 결심했다. 어떻게든 2회를 열지 못하게 하겠다고. 외모 순위가 매겨진 종이를 봤을 때 딱딱하게 굳던 김혜영의 표정을 생각하면, 어떻게든 막아야만 했다. 하지만 어떻게? 내가 아무리 하지 말라고 말해도, 이준석이 주도하는 한 대회는 열릴 것이다. 학기 초부터 무리에서 떨어져 나오고 싶은 사람은 없는 법이다.

'담임은 아무것도 해 주지 않아. 큰일이 아니라서 아무 것도 안 해 준다면…….큰일로 만들면 되는 거잖아.'

그렇다면 SNS에 종이를 찍어 올리자 싶었다. 담임이 한수지의 말을 무시한 건 한수지가 학생이기 때문이다. 만약 한수지의 어머니나 아버지가 말했다면 그렇게 무시하진 않았을 거다. 그러니깐 어른들이 학교에 항의 전화를 걸도록 만드는 것이다. 그런 생각에 한수지가 서랍에 넣어 둔 종이를 몰래 꺼내 찍었다. 한수지에게 그 현장을 들킨 것도, 한수지가 그걸 비밀로 해 준 것도 예상하지 못한 해프닝이었다.

하지만 그다음에 일어난 일은 해프닝이 아니었다. 처분은 고작 반성문으로 끝났고, 담임은 고발자를 탓했다. 그때문에 반 아이들 사이에서 '범인 찾기' 열풍이 일어났다. 내가 올린 게시물 아래에는 종이에 적힌 여자애들의 외모를 유추하는 악플이 달렸다. 그중에는 김혜영에 대한 악플도 있었다.

'내가 범인이라는 걸 알면, 혜영이는 더욱더 화를 내

겠지?'

어쩌면 나를 싫어하게 될지도 모른다. 그렇게 생각하면 겁이 난다. 그렇지만……. 나는 마음을 굳게 먹고, 거울을 봤다. 교실 뒤에 걸려 있는 둥그렇고 커다란 거울이다. 이 거울 앞에 서면 신기하게 마음이 편해진다. 내가 무슨 말을 해도 들어주는 것만 같다.

'혜영이한테 밝혀야 해. 내가 그런 거라고.'

이 이상 김혜영한테 거짓말을 할 수는 없다.

나는 거울 속 내게 되물었다. '그렇지?'라고. 어쩐지 거울이 괜찮을 거라고 말해주는 듯한 기분이 들었다. 누군가 뒤에서 콕, 내 등을 찔렀다.

"오늘 학교 끝나고 집에 같이 가자."

김혜영은 내게 빠르게 속삭이고는, 복도에 선 여자애들을 향해 뛰어갔다. 마음이 둥실, 떠올랐다. 변하지 않는 것은 없다. 그렇다면 변하기 위한 변화는 내 손으로 만들어 가리라. 더 이상 겁을 내지는 않을 것이다.

아이들이 하교한 후의 교실은 조용해. 온갖 소리로 가득

찼던 공간에 고요함이 깃들지. 학생들이 사라진 학교에 선생님과 미화원분들의 말소리만 간간히 울릴 뿐이야.

"한 선생님, 3반 사건, 그래도 잘 마무리되어서 다행이네요."

"그러게요. 그걸 왜 인터넷에 올려서 사건을 키워."

"아니. 무슨 말을 그렇게 하세요? 올린 애가 잘못한 건 아니죠. 그런 걸 한 애들이 잘못한 거지. 아무리 생각해도 좀 더 확실하게 벌을 줬어야 한다니까요."

"아직 어린애들이 장난 좀 친 거 가지고 뭘 그래요."

서너 명의 목소리가 뒤엉켜 사라졌어.

일 년에 서너 번씩, 교실에 어른들이 올 때가 있어. 학부모 참관 수업 등의 행사가 열릴 때지. 교실 안에 모인 어른들은 아이들이 실수를 해도 괜찮다고 하지. '아직 1학년이잖아', '열네 살밖에 안 되었으니까', '역시 아직 어린애라니까.' 그런 속마음이 마구 쏟아진다니까. 그런 생각을 하는 어른들은 알까 몰라. 교실 안의 아이들은 그저 '어린애'가 아니라 무서운 속도로 성장하고 있는 아이들이라는 것을. 교실 안에서 아이들이 겪는 어떠한 사건도, 아이들 각자의 마음 안에서 매듭이 지어지기 전에는 마무리된 게 아니란 것을 말이야. '외모 순위 매기기 사건'으로 내 앞에 섰던 네 명의 아이들도 각자의 매듭을 지어가겠지.

아이들은 1년이 지나면 다들 조금은 더 성숙한 표정으로 내 앞에 서. 어떤 매듭은 지어진 채로, 어떤 매듭은 짓지 못한 채로 말이야. 그렇게 수많은 감정의 끈을 매달고 이 교실을 떠나 다른 교실로 가지. 그러면 또다시 열네 살, 중학교 1학년이 된 아이들이 이 교실에 오는 거야. 반복되지만 언제나 새로운 날들이지.

이건 비밀인데 말이지. 어쩌면 다른 곳에도 있을지 몰라. 나와 같은 존재가. 그러니 한 번쯤, 거울 앞에 서 보도록 해. 한 번도 들어보지 못했던, 자기 자신의 마음의 소리를 듣게 될 수도 있을 테니까. 거울은 모든 걸 다 알고 있거든. 암. 알고 있고말고!

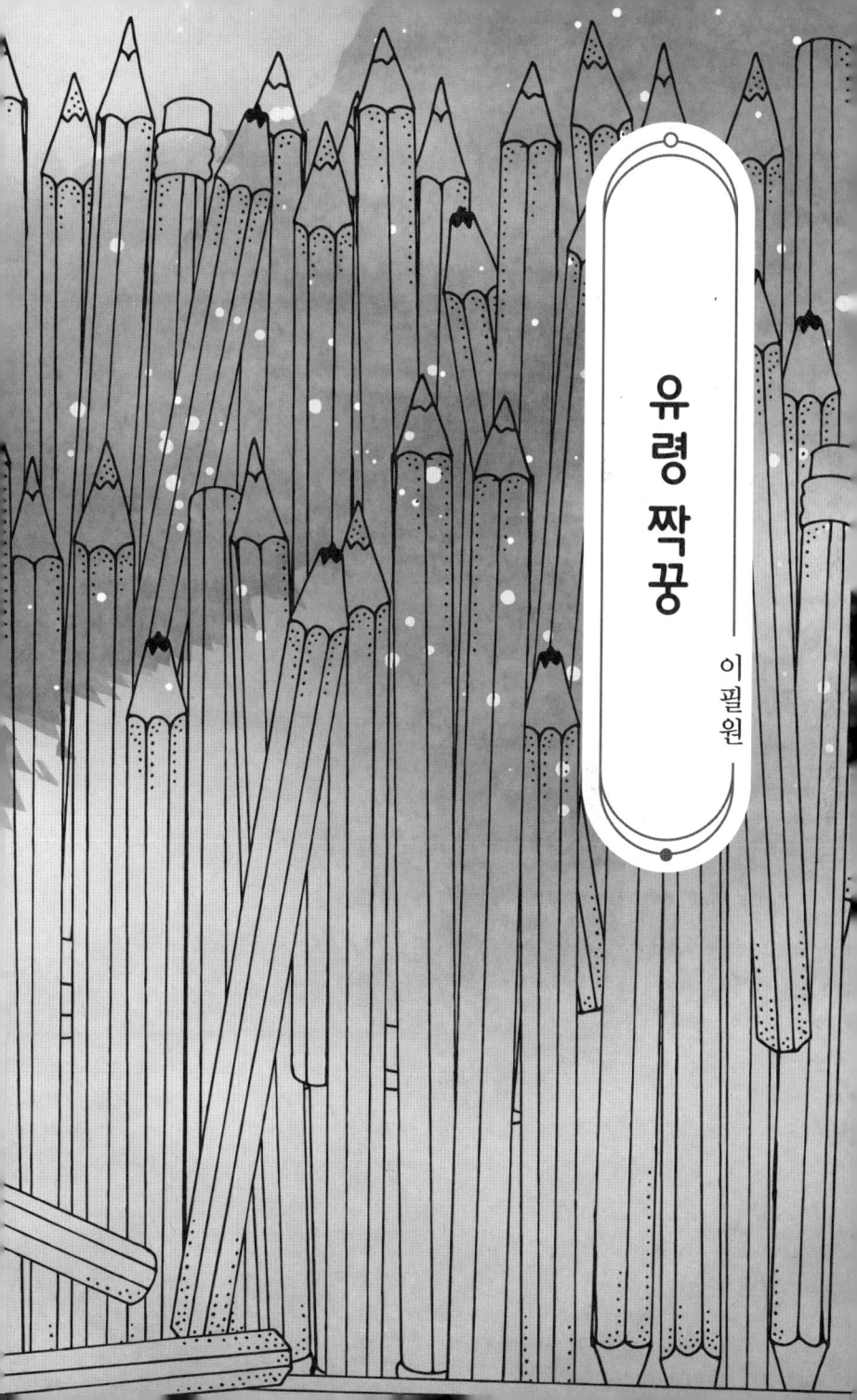

유령 짝꿍

이 필 원

- 내 연필 못 봤어?

짝꿍이 졸린 목소리로 물었다.

또 저러네. 나는 교과서를 보는 척하며 심드렁히 대답
했다.

"응. 못 봤어."

- 좀…… 찾아줄래?

"내가 어떻게 찾아."

오래전에 잃어버렸다는 연필을 무슨 수로.

한숨이 나왔지만 참아냈다. 누군가 이 녀석에게 귀띔을
해주면 좋을 텐데. 연필처럼 조그만 물건은 잃어버리기 쉬운 만큼 그것을 되찾는 일이 어렵다는 사실을. 그러니 이만 포기해야 한다는 걸 너도 잘 알지 않냐고 몇 번 설득시켜봤지만 짝꿍은 듣는 척도 하지 않는다.

더 최악인 건 따로 있었다. 짝꿍과 말이 통하는 사람은 아무래도 나뿐인 것 같다.

어떻게 이런 일이 있을 수가 있을까. 그동안 정말 아무도 이 녀석을 발견하지 못한 건가. 선생님들마저 여기 이곳에 한 학생이 오래 앉아있는 걸 모르는 눈치여서 짝꿍의 짝꿍인 내가 너무 곤란했다.

이러다가 얘가 나한테 영원히 붙어살기라도 하면 어떡하나. 나와 어디서든 함께하겠다며 집까지 따라오면 그땐 어떻게 해야 하지. 이상한 짝꿍 때문에 새 학기부터 마음 한구석이 요란했다.

"딴 데 앉으면 안 돼?"

엊그제 용기 내어 슬쩍 말해봤지만,

– 이 자리가…… 제일 좋아…….

짝꿍은 도리질을 칠 뿐이었다.

4분단 맨 뒷자리.

자리에서 몇 걸음 뒤로 청소도구함과 벽걸이형 거울이 있으며, 앉은 채로 팔을 뻗어 뒷문을 여닫을 수 있는 문지기의 구역. 다른 애들의 시선으로부터 비교적 자유로울 수 있는 안정감 있는 자리.

내가 그렇듯이 짝꿍도 벽과 맞닿은 이 자리를 아주 마음에 들어 한다. 구석진 자리를 좋아하기 때문에 계속 여기 앉아있는 거라고, 그렇게 같은 자리에 앉아 매년 몇 번씩 바뀌는 짝꿍의 옆에서 온종일 책상에 엎드려 있거나 연필을 찾으며 시간을 보내왔다고 녀석은 말했었다.

교실에서 선호하는 자리가 딱 하나였으니, 자리를 바꾸기 전까지는 이 거슬리는 녀석과 붙어 앉아야만 한다. 아직 내 이름도 외우지 못했을 게 분명한 담임한테 어서 자리를 바꿔 달라고 조를 수는 없는 노릇이어서 당분간 연필타령을 하는 짝꿍을 견뎌내야만 한다.

- …… 도대체.

짝꿍이 턱을 괴며 몽롱한 목소리로 또다시 중얼거린다.

- 내 연필은…… 어디에…… 있는 거지?

오늘도 수업 시간에 집중하기는 글렀다. 많은 시간 잠을 자거나 연필을 찾는 일만 하는 짝꿍을 의식하며 나는 결국 긴 숨을 내쉬었다.

제발 누구든 이 녀석의 연필을 좀 찾아주라. 중학생으로 살아가는 일만으로도 신경 써야 할 일이 백 개는 넘는다 고. 가슴속에 열불이 이는 기분을 느끼며 나는 고개를 푹 숙였다.

나와 같은 교복을 입고 있지만 더는 학생이라고 할 수 없는 짝꿍의 정체는, 유령이다.

짝꿍이 유령이라는 사실을 안 지는 얼마 되지 않았다. 중학생이 되자마자 유령을 보게 되다니 처음에는 대체 이 게 무슨 일인가 싶었지만, 생각보다 충격이 오래가지는 않 았다.

아무래도 이상한 나이가 됐으니까. 열네 살이 되었으 니까.

교복을 입고 학교에 다녀야 한다는 것부터 대단히 희한 하고 괴로운 일이며, 1교시부터 6교시까지 꽉 짜인 수업을 들어야 하는데도 학원을 다녀야만 뒤처지지 않는 이상한 날들을 졸업할 때까지 버텨야 했으므로 유령을 봤다고 해서 오랫동안 벙쪄 있을 여유는 없었다.

유령보다 무서운 게 있었다. 새 학년, 새 학기.

마음의 준비를 하고 열네 살이 되었는데도 그랬다. 개학하기 전 설날 연휴에 만난 사촌 언니는 중학생이 되면 정말 많은 게 바뀔 거라고 겁을 줬었는데, 언니의 말은 과연 하나도 틀리지 않았다.

이대로 영영 낯설 것만 같다. 어쩌면 나는 중학생이라는 신분과 친해질 수 없을 것이다. 복도나 계단에서 종종 마주치는 무서워 보이는 언니 오빠들 때문에 매일 긴장되는 건 또 어떻고.

물론 걔도 빠트릴 수는 없다. 짝꿍.

어떠한 노력을 기울이더라도 해결할 수 없는 사건인 그 녀석은 두렵기보다는 귀찮았다.

처음 짝꿍이 유령이라는 것을 알게 된 건 아마도 월요일 아침. 그러니까 모처럼 미세먼지 없이 화창한 날이었다. 이런 날씨에 학교에 갇혀 있기에는 너무 아까운 거 아닌가, 그런 생각을 하며 교과서 귀퉁이에 'ㅜㅜ'를 반복해서 끄적일 때였다.

－ 혹시…… 내 연필…… 못 봤어?

옆에 언제부터 앉아있었는지 모를 아이가 갑자기 말을
걸었다.

"엥?"

나는 너무 놀라서 수업 시간인데도 이상한 소리를 내고
말았다.

새 학기부터 눈에 띄는 짓을 하다니. 황급히 두 손으로
입가를 가렸지만 조금 전의 어리벙벙한 반응을 없던 일로
할 수는 없었다. 앞에 앉은 애가 무슨 소리인가 살짝 돌아
봤지만 그뿐이었다. 교탁 앞에 선 담임은 여기부터 시험
범위라고 강조하며 수업을 이어가고 있었다.

－ 연필이…… 어디 갔지?

창백한 얼굴과 커다란 뿔테안경. 하나로 땋은 검은 머리
카락. 어딘지 모르게 졸려 보이는 눈빛이 시선을 끄는 여
자애였다. 그리고 조금 쉰 듯한 낮은 목소리.

조용히 연필을 찾는 그 목소리를 처음에는 잘못 들었나
싶었다. 내 옆자리는 비어 있었으니까.

첫날부터 그랬다. 우리 반의 전체 학생 수는 홀수였기 때문에 누구 한 사람은 반드시 짝꿍 없이 혼자 앉아야 했고, 운 나쁘게도 나는 새 학년 새 학기부터 외톨이처럼 홀로 앉아있던 처지였다.

나 모르게 전학생이라도 온 걸까.

잠깐 생각했지만 그럴 리 없었다. 전학생이 왔더라면 아무리 어수선한 분위기여도 담임이 1교시 수업 전에 꼭 소개했을 테니까. 무엇보다 이 녀석이 옆에 앉는 기척을 내가 몰랐을 리 없다.

"어…… 안녕?"

목소리를 한껏 낮춰서 인사를 건넸더니, 짝꿍은 그저 연필이 어디 갔는지 모르겠네, 하고 중얼거릴 뿐이었다.

뭐야. 웬 연필 타령이람. 조금 의아했지만 대수롭지 않게 여겼었다. 교실에서 샤프나 지우개 따위를 떨어뜨려 잃어버리는 일은 정말 흔했으니까.

"전학 왔어? 왜 난 못 봤지?"

다시 소리 죽여 말을 걸자, 짝꿍이 별말 없이 내 쪽으로 상체를 기울였다. 그 느린 움직임이 묘하게 소름 끼쳤지만, 눈꼬리가 처져 선해 보이는 인상 덕에 꺼림칙하지는 않았다.

– 전학생…… 아닌데…….

그 애가 조용히 말했다.

짝꿍의 커다란 두 눈이 나를 바라보고 있었고, 잠이 덜 깬 듯한 그 목소리가 분명히 내게 말을 걸었기 때문에 나는 그 애가 사람 아닌 존재라고는 의심할 수 없었다.

그래서 "진짜?" 하고 중얼거리며 다시 칠판을 바라보았다. 그런 나를 물끄러미 보는가 싶던 짝꿍이,

– 응…….

하며 우아하게 턱을 괬다.

뭔가 중요한 사정이 있어서 개학식을 건너뛰고 등교한 모양이라고 넘겨짚었다. 그랬는데, 그 얌전해 보이던 짝꿍이 갑자기 책상 위로 올라간 것이다.

"뭐, 뭐 하는 거야?"

짝꿍의 돌발 행동에 놀라서 어쩔 수 없이 목소리가 커졌다. 주위에 앉은 애들이 나를 쳐다봤지만 짝꿍은 보란 듯이 두 팔을 뻗으며 느긋하게 기지개를 켰다. 그러고는

평온한 얼굴로 책상 위에서 폴짝폴짝 뛰기 시작했다.

"야, 야……."

뜨악한 나는 바로 담임의 눈치를 봤다. 하지만 담임은 짝꿍이 난리를 피우고 있는데도 조금도 반응하지 않았다. 수업시간에 지금 뭐 하는 거냐고 호통을 치거나, 뒤에 나가 서 있으라는 불호령 같은 건 떨어지지 않았다. 앞에 앉은 애들 역시 기겁하는 내 목소리에 잠깐 뒤돌아봤을 뿐 다시 수업에 집중했다.

너희는 이게 안 보여? 이 녀석이 겁도 없이 새 학기부터 난리 치는 모습이 보이지 않아? 당황한 나는 입만 벙긋거렸다.

그리고 그제야 뭔가 단단히 잘못됐다는 생각이 머릿속으로 스쳐 지나갔다. 장난스럽게 뛰던 것을 멈춘 짝꿍이 천천히 무릎을 굽히며 나를 내려다보았다.

ㅡ 보다시피…… 다른 애들은…… 날 못 봐.

어떻게 그럴 수 있냐고 묻기도 전에 짝꿍이 말을 이었다.

ㅡ 난…… 유령이야.

"뭐?"

- 너도…… 방금…… 깨달았겠지만, 반…… 애들 중에

　서…… 너만 나를…… 보나 봐.

그 말은 뒤늦게 등골을 오싹하게 만들었다.

- 아주…… 오랜만이야. 누가 나를…… 보는 건.

그렇게 말한 유령은 확실히 나를 곤란하게 했다. 외톨이를 더 외롭게 만들었다.

"뭐래."

그땐 그렇게 말하며 태연한 척 웃어 넘겼지만, 마음속으로는 비명을 질러댔다. 할 수만 있다면 다시 교복을 입지 않는 초등학생으로 돌아가고 싶었다.

유령을 만났을 때 대처하는 방법.

학교에서 유령이 보여요.

갑자기 유령이 보이는 증상.

유령 퇴치법.

검색 사이트에 유령이라는 말을 마구잡이로 넣어 여러 질문을 검색해보았지만, 딱히 나에게 도움이 될만한 해답을 찾을 수는 없었다. 검색에 걸리는 정보라고 해봤자 귀신을 봤다는 목격담이라든가 유령 관련 만화 혹은 영화가 대부분이었다.

어떡하지.

엄마의 노트북을 소리 나게 덮고는 머리를 부여잡았다. 유령이 보이는 일 자체가 말이 안 됐고, 이런 일을 겪고 있는데도 누군가에게 속 시원히 털어놓을 수 없는 상황이 답답했다. 즐거워야만 하는 일요일을 이렇게 우울하게 보내야 하다니 조금 억울하기도 했다.

"엄마, 나 갑자기 유령이 보인다?"

혹시 몰라 아침에 밥을 먹다가 엄마에게 털어놓았지만,

"나도."

엄마는 오이장아찌를 젓가락으로 집으며 나긋나긋 대답할 뿐이었다.

"오이 못 먹고 죽은 유령이 느껴져. 나한테 붙었나 봐. 그래서 김치보다 오이장아찌가 더 좋다, 엄만."

"아니, 나 정말 유령이 보인다니까?"

"나도."

"나는 진짜라니까!"

"무말랭이도 좀 먹어봐. 맛있어."

이래서 평소에 사람이 진실해야 하는 건가. 엄마에게 하도 뻥쟁이로 찍혔더니 조금도 믿어주지 않았다. 수영 학원에 간다고 해 놓고서 친구들과 놀이터에서 노는 게 아니었는데. 학습지를 다 풀었다고 2주 연속으로 거짓말해서는 안 됐었다.

지난날의 나를 미워하다가 도로 현실에 붙들려 왔다. 어떻게든 돌파구를 찾아야 했다. 한숨을 내쉬며 책상에 소리 나게 엎드리자, 발치에 앉아 졸고 있던 후추가 몸을 움찔했다. 꼬리로 바닥을 탕탕 치면서 쟤 또 저러네, 하는 눈빛으로 올려다보는 후추에게 나는 조그맣게 미안, 하고 중얼거렸다.

한 살 무렵에 유기 동물 보호소에서 우리 집으로 입양된 후추는 온순하면서도 터프한 고양이였다. 말수가 적은 편인 후추는 표정이 무척 다양했는데 집에서 간혹 큰 소리가 나거나 초인종이 울릴 때면 눈빛으로 호통을 치곤 했다. 지금처럼.

"후추야."

나는 허리를 수그리고 후추의 턱을 어루만졌다.

"후추 너도 유령이 보여? 그런 거 볼 수 있어?"

간절한 마음으로 물었지만 후추는 말없이 돌아앉을 뿐이었다.

"후추도 언니가 뻥 치는 것 같아?"

꼬리를 살랑거리는 후추에게서도 후련한 조언을 들을 수 없었다.

짝꿍을 어떻게 해야 할까. 약간 음침하지만 못돼 보이지는 않던 그 아이를. 제 연필 봤냐고 물어대며 귀찮게 하지만, 무섭지는 않던 그 유령을 어떻게 해야 할까.

습관처럼 아랫입술을 잘근잘근 깨물던 나는 불쑥 튀어오른 의문 때문에 멈칫했다.

짝꿍은 어째서 연필을 찾고 있는 걸까. 설마 연필을 잃어버린 바람에 학교를 떠나지 못한 채 떠돌고 있는 건가. 그러니까 미련이라는 게 남아서 천국이든 지옥이든 어디로도 가지 못하는 건가.

생각해 보니 잃어버린 연필이 그 녀석에게 어떤 의미를 가진 물건인지 제대로 물어보지도 않았다. 어쩌다가 연필을 잃어버렸는지조차 묻지 않았다. 원인을 찾아야 해결하는 건데 생각이 짧았다.

그토록 찾는 걸 보면 소중한 거겠지. 잃어버렸다는 연필을 찾아주면 짝꿍이 얌전히 사라질지도 모른다. 그러면 중학교 생활을 다른 애들처럼 평범히 버텨낼 수 있을 것이다.

"됐어!"

해결책을 찾았다는 안도감에 웃음이 나왔다.

내일은 더 많은 얘기를 나눠봐야겠다. 그런 생각을 하며 남은 일요일 동안 마음 놓고 쉴 수 있었지만, 막상 밤이 되어 잠자리에 누웠을 때는 쉽사리 잠들 수 없었다. 간신히 잠이 들었다가도 금방 잠기운이 달아났다. 꿈자리에서조차 자기 연필이 대체 어디에 갔느냐고 귀찮게 구는 짝꿍 때문에. 학교에 있으면서도 어느새 나의 일상을 지배하게 된 유령 때문에.

"봄은 언제 오는가."

월요일의 잠기운을 밀어내는 엄마의 뜬금없는 혼잣말이었다. 이른 아침에 사과를 깎으면서 할 말은 아닌 것 같았다.

"언제라고 생각해?"

두유에 시리얼을 말아 허겁지겁 떠 먹는 나를 보며 엄마가 다시 물었다.

"4월?"

"왜?"

"꽃이 필 때니까?"

대충 대답하자 엄마는 사과를 깎던 걸 멈추고 고개를 저었다.

"재미없는 대답이네. 너 어렸을 땐 시인이 될 줄 알았어."

"내가? 아니, 나는 다른 꿈이 있는데."

"그래? 무슨 꿈인데?"

엄마가 눈을 반짝이며 물었다. 아주 어렸을 때는 피아니스트가 되고 싶었지만《체르니 30번》을 연습하는 게 지겨워서 접은 지 오래였다. 가장 최근에 가진 장래 희망은…… 딱히 없었다.

하지만 기대에 찬 엄마에게 선뜻 꿈 같은 거 없다고 말하기는 뭣해서 그런 게 있다고 대강 둘러대고 급히 현관문을 나섰다.

"나중에 말해줘!"

엄마가 등 뒤에 대고 외쳤지만, 혹여나 꿈이 생기더라도 엄마 아빠에게는 절대 비밀로 할 것이다.

무엇보다 나에게는 꿈보다 당장 급한 문젯거리가 있지. 어떤 어른으로 자랄 건지는 유령을 해결하고 나서 꿈꿔도 늦지 않을 것이다.

"좋았어."

오늘은 내가 먼저 기선 제압하리라. 비물질적인 존재한 테 더는 이리저리 휘둘리지 말아야지. 그렇게 다짐하며 아파트 단지 옆 공원을 가로질러 걸어갈 때였다.

아까부터 누군가 쳐다보는 시선이 느껴졌다. 쳐다볼까 말까 망설이며 걷다가 횡단보도 앞까지 오고야 말았다. 아는 애를 못 보고 지나쳤나. 아니면 유령이 나 모르게 집까지 따라온 건가. 눈길이 느껴지는 곳으로 고개를 휙 돌린 나는 깜짝 놀라고 말았다.

"안녕. 최성은."

이연준?

"어…… 안녕."

얘가 왜 나한테 인사를 하지.

그보다 이게 얼마 만인지 모르겠다. 이 녀석이 나한테 말을 건 것이.

초등학교 4학년 무렵까지 친했다가 서서히 멀어진 사이였다. 키도 크고 축구도 잘해서 유명한 애였는데, 학년이 올라갈수록 노는 무리가 달라져서 서먹해졌다. 또래보다 체격이 큰 편이지만 못 본 사이 키가 더 큰 모양이었다. 전보다 어깨가 넓어진 것 같기도 한 이연준은 묘하게 어른스러워 보인다.

삼선 슬리퍼를 쥔 이연준의 커다란 손에 눈이 갔다. 저렇게 그냥 들고 가면 교문에서 잡힐 텐데. 역시 조금 불량해졌네.

고개를 드니 이연준과 눈이 정통으로 마주쳤다.

왜 이렇게 빤히 쳐다보는 거지. 나는 바로 시선을 피하며 어서 신호가 바뀌길 바랐다.

"너도 정명중 다니는구나."

이연준이 웃으며 말을 걸었다.

"응."

떨떠름한 얼굴로 고개를 끄덕이자, 이연준이 바로 물었다.

"몇 반이야?"

"3반."

"옆 반이네, 우리."

옆 반이었구나, 우리.

아침부터 꾸밈없이 웃는 이연준을 보고 있자니 얼떨떨하다. 서로 얼굴을 마주 대하지 않은 게 바로 얼마 전의 일인데, 어떻게 다시 아무렇지 않게 우리가 나란히 서 있는 거지?

"진짜 오랜만이다. 그치."

남의 속도 모르고 웃는 이연준은 얼굴만은 초등학생 때 그대로였다. 아니 볼살이 조금 빠진 건가. 턱선이 예전보다 확실히 날렵해 보인다. 그래서인지 동글동글하고 귀엽던 분위기가 옅어진 것 같다.

"아직 청명 아파트에 살아?"

이연준이 다시 물었다. 가만히 고개만 끄덕이자 녀석이

조금 생각하는 듯하더니 난데없이 "걔는?" 하고 물으며 눈을 반짝였다.

"걔? 누구?"

"너네 집 고양이. 소금이."

"후추야."

"아, 맞다 후추. 후추 잘 지내?"

"응. 뚱뚱이가 됐지."

그 말을 들은 이연준이 뚱뚱이, 하면서 소리 내어 웃었다.

허물없이 가까웠던 그때 그 시절로 돌아간 기분이 들었다. 반가우면서도 어색했기 때문에 체온이 계속 올라가는 느낌이었다.

이만큼 친근하게 웃어주는 주제에, 그때 우리는 왜 멀어진 걸까.

서운함이 밀려오는 것 같아서 나는 재빨리 신호등을 바라보았다. 곧이어 신호가 바뀌었고, 이연준은 남의 속도 모르고 나란히 붙어 걷기 시작했다.

"최성은."

거기다가 불쑥 얼굴을 들이밀기까지 해서 정말 괴로웠다.

"적응 잘했어?"

"…… 뭐?"

"학교생활. 난 아직도 좀 낯선데, 중학생."

이연준답지 않은 엄살이었다.

나는 입이 근질거렸다. 야, 나는 적응할 새도 없이 유령을 만났어. 짝꿍이 유령이라고. 가까스로 비밀을 삼키며 그냥 그렇지, 다다음 주 무렵에는 중학생이 익숙해지겠지, 라고 시큰둥하게 말을 돌렸다.

잠시 대화가 끊긴 우리는 정면만 보며 걸었다. 더는 나눌 말이 없어서 괜히 핸드폰을 확인하는 척하는데 이연준이 아, 하더니 다시 입을 열었다.

"혹시 아직도 그 피아노 학원 다녀?"

"아니. 지금은 끊었지."

"원장 쌤 그대로시겠지?"

"그렇겠지. 아마도."

"옛날 생각난다."

한때 우리는 같은 피아노 학원을 다녔었다. 그러니까 우리가 친했던 시절에. 초등학교 4학년을 기점으로 멀어지기 전에.

이연준과 나는 같은 시기에 하농을 배우고, 체르니를
배웠다. 비어 있는 연습실에서 젓가락 행진곡을 치면서
놀거나, 학원 앞에 있는 편의점에서 빠삐코를 사 먹고는
했었다.

"우리 되게 잘 챙겨주셨었는데. 원장 쌤."

이연준이 생각에 잠긴 얼굴로 중얼거렸다. 나는 그 얼굴
을 바라보며 그때 너도 나를 잘 챙겨줬었다고 말할 뻔했다.

"우리 같은 동네 사니까 학교 갈 때 가끔 마주치겠다."

"응."

"같이 다닐까?"

"응?"

"학교."

나는 그 말에 바로 대답하지 못했다. 이연준이 농담이라
며 웃어도 같이 웃을 수 없었다. 내 표정이 굳은 걸 알아차
린 이연준이 아직 폰 번호 그대로냐며 말을 돌렸다.

"왜? 톡 하게?"

어디서 그런 용기가 솟았는지 모르겠지만 나는 이연준

의 두 눈을 똑바로 쳐다보며 그렇게 물었고, 잠깐 멈칫한 이연준이 고개를 끄덕이며 연락을 하겠다고 대답했다.

거짓말.

나는 소리 없이 웃다가 입술을 깨물었다.

학교와 가까워지자 교복을 입은 학생들이 눈에 띄게 많아지기 시작했다. 이연준과 제법 긴 등굣길을 걸어왔다는 사실이 놀라웠지만 최대한 티를 내지 않으려고 노력했다.

"너, 참 그대로다."

문득 이연준이 중얼거렸다. 나지막한 그 말을 못 들은 척하며 그저 보폭을 넓혀 걸었다.

우리는 말없이 교문을 통과했다. 함께 2층까지 계단을 오르고 복도를 걸을 때도 서로 다른 곳을 쳐다보며 입을 열지 않았다.

"안녕."

이연준이 먼저 한 손을 들어 보이며 제 교실로 들어갔다. 나는 이연준의 뒷모습을 보지 않으려고 재빨리 돌아섰다. 멀어졌던 이연준과 예기치 못한 순간에 마주치는 일은 우리 둘 중 누군가 한 사람이 이사 가지 않는 이상 앞으로도 계속 생길 가능성이 높다.

정신 차리자.

나는 두 손으로 뺨을 살짝 쳤다.

옛정에 휘둘리면 안 돼. 이연준은, 내가 좋아하고 있다는 걸 알아차리고 느릿느릿 도망쳤던 애야. 잘생겼지만 비겁하고 잔인한 애야. 되게 가혹한 애라는 걸 잊지 마, 최성은.

속으로 몇 번이고 중얼거리며 교실로 들어선 나는 옆자리에 앉아있는 짝꿍을 보고 아차 싶었다.

이연준 때문에 잠깐 잊고 있었다.

나에게는 해결해야 할 골칫거리가 있다는 것을.

— 내 연필…… 못 봤니?

책상 위에 가방을 내려놓기 무섭게 짝꿍이 입을 열었다.

"무슨 연필?"

곧장 질문하자 녀석은 잠시 우물거리다가 한참 만에 입을 열었다.

— 끝에…… 지우개가 달린…… 연필인데.

"지우개?"

— 응. 친구가…… 사준 건데.

156

시무룩하게 설명하기 시작하는 유령을 힐끔 쳐다보며 나는 이제야 녀석의 사연을 듣게 되는 건가 싶어 이연준과 등교한 충격을 잊을 수 있었다.

─ 생일 때…… 짝꿍이…… 선물로 준 건데…….

"무슨 색인데? 지우개랑 연필 색깔. 뭔지 알려주면 더 찾기 쉬울지도 몰라."

─ 지우개는…… 분홍색…… 연필 부분은 하늘색…… 잃어버렸어. 찾아줘…….

"있잖아."

나는 서랍에서 교과서를 꺼내며 유령에게 넌지시 물었다.

"그거 찾아주면 사라질 거야?"

어떻게 그런 용기가 났는지 모르겠다.

"내가 네 연필 찾아주면."

아무리 그래도 유령인데, 그토록 매섭게 노려볼 수 있는 용기가 나에게 있었다니. 내심 뿌듯해하며 짝꿍의 눈을 피하지 않았다.

"연필 찾아주면, 그땐 사라질 거야?"

기꺼이 받아들일 만한 제안이라고, 이건 거부할 수 없는 특급 제안이라고 생각하며 짝꿍의 대답을 기다렸다. 그 순간 1교시를 알리는 종소리가 울렸다.

– …… 응.

그리고 유령이 말했다.

– 연필…… 찾아주면…… 사라질게.

분명히 기쁨이 약간 묻은 목소리였다.

"좋았어!"

나는 두 주먹을 불끈 쥐었다. 그러고 나서 지금 당장 아무에게나 꼭 물어보고 싶은 질문을 떠올리며 짝꿍을 뚫어져라 보았다. 아침부터 마주친 못난 첫사랑 때문에 가뜩이나 가슴 안에 가시가 돋은 참이었다.

"그 저기 뭐냐. 넌 봄이 언제 온다고 생각해?"

– …….

"너도 잘 모르겠지? 됐어, 대답 안 해줘도 돼. 아침에 엄마가 물었던 게 생각나서 그냥 해본 말이야."

난데없는 짜증을 억누르며 시간표를 확인할 때였다.

– 다음 주에.

유령히 말했다.

– 아니면…… 내일모레.

"……."

– 또는…… 지금.

"그게 뭐야."

자꾸 바뀌는 대답을 들으며 한쪽 눈썹을 찡그리자 유령이 어깨를 으쓱했다.

– 사실…… 벌써 온 거…… 아닌가.

"뭐가, 봄이?"

유령이 입을 다물고 창문 쪽을 바라보았다.

"저기 왔네."

봄이라는 계절이 창가에 앉아있기라도 하는 듯 아예 턱까지 괸 채 구경하는 유령에게서 눈을 떼고 교과서를 펼쳤다. 하지만 정말 거기 봄이 왔나 싶어서 나도 모르게 멀리 창문을 힐끔거렸다.

"자자, 조용히 해라. 자는 애 깨우고."

검은 단발머리를 귀 뒤로 가지런히 넘긴 담임이 교과서와 프린트물을 들고 교탁 앞에 섰다.

교실 분위기를 정리하는 담임의 잔소리가 쏟아지는 와중에도 아침 햇살이 착실히 비춰들었다. 아무리 바람이 차더라도 책상 표면을 살짝 데울 만큼의 온기를 가진 빛이었다.

정말 온 건가, 봄.

나는 서랍에서 교과서를 꺼내며 어수선한 마음이 가라앉기를 기다렸다.

하늘색 2B 연필.

지우개는 분홍색.

연필의 디자인을 알게 된 날부터 틈만 나면 교실 구석구석을 누비고 다녔다. 그 바람에 교복 치맛자락과 체육복에 먼지가 자주 묻었다. 사물함 뒤부터 교탁 아래까지 안 찾아본 데가 없을 정도로 샅샅이 살폈지만 짝꿍의 연필은 찾을 수 없었다.

"이 교실에서 잃어버린 거 맞아?"

- 응…….

"그사이에 쓰레기통에 버려졌거나, 누가 가져갔을 수도 있잖아."

- 여기에…… 분명히…… 있어.

연필의 행방을 제대로 알지 못하면서도 유령은 교실에 연필이 있는 게 맞다고 고집을 부렸다.

청소 시간마다 청소 당번이 아닌데도 빗자루를 들고 연필을 찾아다니는 나를 보고 반 애들 몇몇은 별난 아이라고 수군거리는 모양이었지만 어쩔 수 없었다. 유령을 떼놓으려면. 당분간 많이 외롭겠지만 이상한 짝꿍을 멀리 보내려면 보통 노력 갖고는 안 됐다.

하지만 아무리 교실을 꼼꼼히 뒤지고 다녀도 유령이 잃어버렸다는 연필은 나오지 않았다. 먼지에 뒤엉켜 있는 필기구를 발견해도 유령의 것은 아니었다. 전부 살아있는 아이들이 개학하자마자 잃어버린 물건들이었다.

"고마워. 성은아!"

어쩌다 보니 엉뚱한 애들한테 잃어버린 연필과 지우개, 수정테이프, 볼펜, 심지어 붓 따위를 찾아주게 된 나는 어느새 교실에서 학용품 탐정으로 통하고 있었다. 담임이 교실에서 잃어버렸다는 만년필을 찾아드릴 정도여서 계획에 없던 엉뚱한 명성을 쌓게 됐다. 누군가 뭔가를 잃어버리면 많은 애들이 입을 모아 '최성은한테 찾아달라고 해'라고 말할 정도였다.

얼떨결에 친절을 베풀게 된 나는 점점 말을 트고 지내는 아이들이 늘기 시작했고, 우영지도 그중에 한 명이었다.

"성은."

성은아, 하고 부르는 많은 애들 중에서 우영지는 유일하게 나를 성은, 하고 그윽하게 부르는 여자애였다.

3분단에 앉는 우영지는 웃음소리가 독특하기로 유명했다. 우영지가 재채기를 하듯이 호탕하게 웃음을 터뜨리면 아무리 멀리 떨어져 있어도 귓가가 쨍하고 울렸다.

"오늘도 연필 찾고 있는 거야?"

우영지가 교탁 밑에 엎드려 있는 나를 내려다보며 물었다.

"응."

나는 교복 치마 아래에 입은 체육복에 먼지 묻은 손을

문지르며 바로 앉았다. 오늘도 짝꿍의 연필은 못 찾을 것 같다.

"아, 진짜 어딨는 거지."

"도와줄까?"

"그럼 고맙지."

"하늘색 연필?"

"끝에 분홍색 지우개 달린 거."

"오케이."

우영지가 내 옆에 나란히 주저앉아 바닥을 바라보았다.

"안 보이는데. 여기 없나 봐."

연필 찾는 걸 도와주기로 한 지 1초 만에 우영지가 중얼거렸다. 너무 간결한 탐색과 너무 빠른 포기였다.

"성은, 언제 잃어버린 건데?"

"사실은 내가 잃어버린 거 아니야."

나는 머뭇거리다가 비밀의 일부를 우영지에게 과자 부스러기처럼 흘렸다.

"아는 애가 잃어버린 건데. 못 찾겠네."

"아는 애?"

"내 짝꿍."

그 말을 들은 우영지가 내 자리 쪽을 건너보았다.

"너 짝꿍 없잖아."

"있어. 나한테만 보이는 애."

"그러냐. 귀신이냐."

무심히 대답한 우영지가 머리를 쓸어넘기며 말했다.

"교실에 없는 건데, 이 정도면."

"나도 그렇게 생각함."

격하게 고개를 끄덕이며 동의하는데, 하필 이쪽을 주시하고 있는 짝꿍과 눈이 마주쳤다. 거기 그 자리에 여전히 존재한다는 걸 잊지 말라는 듯이 뻔뻔하게 손을 흔들어 보이는 유령에게서 시선을 떼며 영지의 체육복 끝자락을 움켜쥐었다.

"영지야."

"응."

"넌 유령을 믿어?"

"유령?"

우영지가 피식 웃었다.

"있겠지. 근데 안 무서워. 어디 나와보라고 해."

그렇게 말한 우영지가 힘주어 꽉 쥔 주먹을 허공에 흔들며,

"야! 나와봐!"

하고 우렁차게 외쳤다.

우영지의 도발에 짝꿍이 저 멀리서 스르르 일어서는 게 보였다. 놀란 나는 우영지의 어깨를 치며 그러지 말라고 어색하게 웃어댔다. 봄이 왔잖아, 봄이 왔는데 왜 싸움을 걸고 그래, 그렇게 한참 횡설수설한 끝에 우영지의 거침없는 결투 신청을 말릴 수 있었다.

그러나 유령의 연필을 찾기 시작한 지 보름째.

이번에는 우영지 대신 내가 유령에게 싸움을 걸게 됐다.

"여기에 진짜 없는 것 같아. 네 연필 없어, 없다고!"

방과 후 교실에 혼자 남아 답답해서 쏘아붙이자, 짝꿍은 묵묵히 시선을 피했다.

– 아니야…… 여기에…… 있어.

유령이 시무룩한 얼굴로 고개를 떨궜다.

그 순간 누군가 복도를 지나가는 듯해서 나는 목소리를 낮추고 다시 유령을 몰아붙였다.

"분명해?"

– 분명해…….

사람이 죽으면 천천히 기억을 잃어버린 채 사라지지 않을까. 차차 오염되는 기억을 안고 마지막의 마지막까지 머물다가 가는 게 아닐까. 짝꿍의 말을 의심하게 된 건 어쩔 수 없는 일이었다.

"잃어버린 게 연필인 건 확실하고?"

– 응…….

혹시라도 연필이 아니라 샤프나 볼펜이라면 그건 그것대로 난처했다. 지금까지 엉뚱한 걸 찾고 있었던 셈이 되니까. 무엇보다 분실물의 정체가 새로이 밝혀진다 해도 이제껏 그래왔던 것처럼 다시금 교실을 헤집고 다니고 싶지 않았다. 그럴 시간이나 여력이 없기도 했고 말이다.

곧 중간고사였다. 이제 웬만큼 유령이 익숙해지기도 했고 솔직히 말하자면 당장 코앞에 닥친 중학교 첫 시험이 짝꿍보다 중요했다. 과목마다 내신 점수에 높은 비율로 포함된다는 수행평가는 말할 것도 없다.

"어쩔 수 없네."

나는 의자에 털썩 기대앉으며 선언했다.

"난 포기. 다음 짝꿍한테 부탁해."

– 아아아아아…….

듣고 싶지 않다는 듯이 두 손으로 귀를 막은 유령이 얌전히 떼를 썼다.

– 도와줘……. 또…… 한참을…… 기다려야 할지도……몰라.

지금 당장 자신을 도와줄 수 있는 사람은 나뿐이라는 말을 흘려들으며 책가방을 챙길 때였다.

"…… 최성은?"

언제 열렸는지 모를 앞문에 고개를 빼꼼히 내밀며 선 남자애가 보였다.

"이연준!"

너무 놀란 나는 벌떡 일어나고 말았다.

"지나가는데 네 목소리가 들리길래."

집에 안 가고 혼자 교실에서 뭐 하고 있냐는 이연준의

말에 나는 입만 벙긋거렸다. 적절한 변명거리를 찾기 어려웠다. 짝꿍이 유령인데 애 부탁을 들어주느라고 남아 있는 거라고 말할 수는 없는 노릇이어서 무척 난감했다.

"혹시 벌서는 거야? 뭐 잘못했어?"

이연준이 의아한 얼굴로 물었다.

엄청난 오해 앞에서 나는 얼른 손사래를 쳤다.

"아니! 그건 아니고."

– 잘생겼네…….

그때 옆에서 짝꿍이 속삭였다.

"뭐?"

"뭐?"

"아니, 너한테 한 말이 아니라……."

나는 한숨을 쉬며 짝꿍을 바라보았다.

애가 지금 뭐라는 거야. 아니 그보다 유령도 보는 눈이 있구나.

짝꿍의 혼잣말에 얼굴이 뜨거워진 나는 에라 모르겠다, 하는 마음으로 이연준에게 다가갔다. 몇 개의 책걸상을 지나쳤을 뿐인데도 숨이 약간 찼다.

"연필을 찾고 있어."

마침내 이연준의 앞에 선 나는 진지한 얼굴로 나의 비밀을 털어놓았다. 어차피 이연준과 나는 여기서 더 나빠질 것도 없는 사이. 나를 몽땅 드러내고 싶었다.

"무슨 연필?"

차라리 나를 솔직히 내보이기로 마음먹었다. 오늘 이후로 이연준이 또다시 나와 거리를 두려고 멀어지면 서운해서 꼬박 일 년쯤을 앓겠지만.

"쟤가 잃어버린 거."

"쟤?"

이연준이 나의 뒤쪽을 바라보며 고개를 갸우뚱했다.

"아무도 없는데?"

도저히 혼자 품고 있을 만한 종류의 비밀이 아니었다. 내가 가진 엄청난 비밀을 눈치채고 멀어진 적 있던 이연준에게 꺼낼 만한 비밀은 아니지만, 어쩐지 이 자리에서 멋대로 공유하고 싶어졌다.

"저기 누가 있어. 너한텐 안 보이겠지만."

"누구?"

"유령."

이연준의 표정이 살짝 굳었다. 당연한 반응 앞에서 뒤늦게 겁이 났다. 이연준과 다시 멀어지겠지. 애랑은 이렇게 영영 가까워질 수 없는 거겠지. 중학생이 되어서도 고등학생이 되어서도 옛날처럼 서로의 집을 오가며 웃고 떠들 수 없겠지.

"잘됐다."

나를 물끄러미 내려다보던 이연준이 한참 만에 입을 열었다.

"나 유령 좋아해."

"응?"

"어디 앉아있는 거야? 저쪽?"

그렇게 말한 이연준이 반쯤 열어뒀던 앞문을 완전히 열며 교실 안으로 들어섰다. 그러고는 조금 전까지 내가 앉아있던 자리로 저벅저벅 걸어갔다.

"여기?"

조심스럽게 돌아본 이연준이 내 옆자리를 손으로 가리키며 물었다.

"이쪽에 앉아있어?"

"응."

얼떨결에 고개를 끄덕인 나는 유령의 눈치를 살폈다. 쉴 새 없이 연필만을 찾던 짝꿍이 처음으로 입을 다문 채 이 연준을 올려다보고 있다. 말하자면 이연준을 감탄 어린 눈으로 관찰하는 중이었다.

짝꿍도 미남은 오랜만에 보는 거겠지. 유령이 되기 전이나, 유령이 되고 난 후에도 보기 드문 잘생긴 학생을 보니 신기할 터였다.

"나도 같이 찾아줄게."

짝꿍과 나를 현실로 불러들인 건 이연준의 갑작스러운 말이었다.

"뭐?"

- 오……?

이연준의 제안에 놀란 건 나뿐만이 아니었다. 짝꿍도 덩달아 놀란 얼굴로 이연준을 바라보았다.

"뭘 잃어버린 채로 사라지는 건 너무 안 됐잖아."

이연준이 어깨를 으쓱하며 말했다.

"근데 좀 아쉽다. 난 안 보여, 유령이."

두 눈을 가느스름히 뜬 이연준이 연신 아쉽다고 중얼거렸다. 교실을 둘러보는 이연준에게서 부드러운 로션 향이 풍겼다. 아니면 섬유유연제 냄새일까. 독하지 않고 향기롭다고 생각하는 내게 이연준이 바짝 다가와 섰다.

"유령, 언제부터 보였어?"

"아…… 거의 개학하자마자."

"신기하다. 몇 살이래?"

"응?"

그동안 생각지도 못한 물음을 듣고 나도 유령도 두 눈만 깜빡였다. 나는 짝꿍의 눈치를 보다가 생각나는 대로 말했다.

"동갑인 거 아닌가? 교복 입고 같은 교실에 있으니 친구나 마찬가지지 뭐."

– …… 선배다.

옆에서 유령이 딱 잘라 말했지만 못 들은 척했다.

"이름은 뭐래?"

이연준이 흥미롭다는 듯 팔짱을 끼며 물었고, 나는 대답하는 대신 짝꿍을 쳐다보았다. 이 녀석은 나의 이름을 알 겠지만 나는 여태 짝꿍의 이름조차 몰랐다. 왜 물어볼 생 각도 하지 않았을까. 짝꿍이 된 지 벌써 며칠이 지났는데. 어쩐지 부끄러워졌다.

– 기억…… 안 나.

짝꿍의 풀 죽은 목소리가 정적을 채웠다. 나는 멋쩍어 져서 고개를 돌렸다. 비스듬히 비춰드는 오후 햇살 아래로 먼지가 춤을 추듯 떠도는 게 보였다. 자기 자신을 증명할 수 없게 된 짝꿍이 불현듯 안됐다는 생각이 들었다. 영원 히 중학생으로 지내야 할지도 모르는 짝꿍은 어떤 기분일 까. 어딘가에 묶인 채 오도 가도 못 하는 존재가 되어 잃어 버린 물건을 찾는 기분이란 도대체 어떤 걸까.

"언니라고 불러야겠다."

나는 짝꿍의 눈을 바라보며 중얼거렸다.

"어쨌든 선배인 건 확실하니까, 언니라고 부를게."

– 선배라고…… 불러.

조용히 투덜거리는 짝꿍에게 웃으며 싫다고 말할 때였다.

"오랜만에 보네."

턱을 매만지던 이연준이 문득 감탄했다.

"뭐가?"

"너 그렇게 웃는 거."

제 할 말만 마치고 씩 웃어보인 이연준은 유령이 잃어버렸다는 연필의 디자인에 대해 물으며 말머리를 돌렸다. 연달아 쏟아지는 질문 세례에 멍하니 대꾸할수록 이연준의 눈빛에 생기가 돌았다.

"그…… 짝꿍이라는 애가 연필 잃어버린 데가."

책상 위에 가볍게 걸터앉은 이연준이 말했다.

"이 교실이라는 거지?"

"응."

"근데 너 그거 알아?"

"뭘?"

"옛날에 우리 학교 교실 엄청 넓었던 거."

생각도 못한 정보였다. 개교한 지 백 년 가까이 된 중학교의 역사야 입학할 때부터 알고 있었지만, 교실의 위치라든가 실내 장식에 대해서는 조금도 신경 쓰지 않은 채 연필만 찾고 있었다.

"설마."

"아마 우리 반까지 확장한 게 네 짝꿍이 말하는 한 반이었을 거야. 신입생이 줄면서 하나였던 교실을 두 개로 나누는 공사를 했을 거고."

이연준이 기대에 찬 미소를 지었다.

"연필, 어쩌면 우리 반에 있을지도 몰라."

"맞아."

그리고 난데없이 걸걸한 목소리가 끼어들었다.

"영지야."

뒷문 사이로 빼꼼히 고개를 내밀고 있는 우영지를 보고 놀라지 않을 수 없었다.

"과외 숙제를 놓고 가서."

교실로 들어선 우영지가 이연준과 나를 번갈아 보더니 음흉하게 웃다가 정색했다. 아무리 봐도 나를 놀릴 건수를 잡은 표정이었다.

"나도 연필 찾는 거 도울게."

조마조마한 마음으로 지켜보는 내게 우영지가 말을 덧붙였다.

"우리 반부터 거기 너, 너희 반까지 뒤지다 보면 찾을 수 있겠지."

빠르게 상황을 정리한 우영지가 오래 알고 지낸 사이처럼 이연준의 어깨를 툭툭 치더니 갑자기 짝꿍이 앉아있는 자리를 바라보았다.

"거기 있어요?"

싸움 신청이라도 하는 듯했던 때와는 다르게 조심스럽고 정중한 말투였다.

"우리가 찾아줄게요, 연필."

"맞아요. 저희가 찾아볼게요."

이연준이 서둘러 힘을 보태듯이 외쳤다.

유령이 이 교실에 있는지 분간조차 하지 못하면서도 기꺼이 도와주겠다고 나서는 이 녀석들을 어쩌면 좋을까. 이렇게 스스럼없이 기뻐도 될까. 엉망이라고만 생각했던 일상이 그런대로 괜찮게 느껴졌다.

- 얼굴이…… 빨갛네?

나를 유심히 보던 짝꿍이, 아니 유령 언니가 짓궂은 미소를 지었다.

- 봄이네.

뒤이어 노래하듯 중얼거리는 말은 당연히 못 들은 척
했다.

그날부터였다.

"최성은, 연필 찾았어?"

"아직."

이연준이 다가오기 시작한 건.

녀석은 쉬는 시간마다 우리 교실에 들르기 시작했다. 물
론 짝꿍의 연필을 찾아주기 위해서였지만, 이연준이 올 때
마다 나를 빤히 살피는 짝꿍 때문에 신경이 곤두섰다.

무엇보다 예전처럼 친근하게 구는 이연준 때문에 목숨
이 위태로웠다. 중학교는 정말이지 여러모로 위험한 곳이
었다.

나는 귓가에 바람 소리가 날 만큼 획 돌아섰다. 물이나

떠올 겸 복도를 걷는데 뒤에서 따라오는 발소리가 있었다.

힐긋 돌아보자,

"연필 찾아야지."

이연준이 속삭였다.

나는 더는 대꾸하지 않고 복도를 걸었다. 계속해서 따라오는 발소리가 있었다. 너무 가깝지도 너무 멀지도 않은 거리를 유지한 채.

"왜 자꾸 따라와?"

"너 어디 가는데?"

"물 뜨러."

"나도 물 마시려고."

방금 지어낸 게 분명한 핑계를 잘도 댄다. 원래 이런 애였던가. 왜 이러는 거지. 제멋대로 멀어졌다가, 왜 또다시 친한 척하는 거야.

나는 참고 있던 어떤 감정이 한계치에 다다르는 걸 느꼈다. 처음에 이연준이 같이 연필을 찾아주겠다고 했을 때는 마냥 얼떨떨하고 기뻤다. 하지만 시간이 지날수록 조금씩 두려워졌다.

애초에 말이 되지 않았다. 짝꿍의 존재를 의심하지 않는 것도. 중학생이 되자마자 예전처럼 상냥하게 구는 것도. 그토록 얄밉게 멀어졌던 전력이 있으면서, 혹시 또 제멋대로 가까워졌다가 멀어지려나 싶어 겁이 났다.

"이연준. 너 혹시 나 놀리는 거야?"

몇 번이나 묻고 싶었던 말을 꺼내자, 이연준의 얼굴에서 웃음기가 가셨다.

"나 놀리려고 갑자기 말 거는 거면, 가만 안 둬."

제일 친했다가 예고 없이 서먹해졌던 초등학생 때의 일을 되풀이하고 싶지 않았다. 짝꿍이 주는 심란함과 이연준이 들쑤시는 바람에 안게 된 심란함은 차원이 달랐다.

"아니야. 놀리는 거."

이연준이 눈썹을 모으며 뒤통수를 긁적였다.

"너랑 다시 친해지고 싶었어, 사실은."

"갑자기?"

"갑자기는 아니지. 우리 베프였잖아."

결국 이연준이 먼저 선을 넘었다. 나는 다른 애들이 많이 오가고 있는 복도라는 것도 잊고 분통을 터뜨렸다.

"근데 절교했잖아. 그것도 너 혼자! 기억나?"

"기억나."

이연준이 덤덤히 고개를 끄덕였다.

그 모습이 상황에 어울리지 않게 치명적이어서 나는 대놓고 한숨을 내쉬었다.

"우리가 왜 멀어졌는지 몰라?"

"알아."

이연준이 태연하게 말했다.

"네가 나 좋아했잖아."

"어, 어."

갑작스러운 진실이 화살촉 모양으로 가슴에 박혔다. 이연준은 우리가 멀어지게 된 이유를 막힘없이 말했다.

"근데 내가 도망쳤잖아."

정확히 알고 있잖아.

녀석의 분석을 듣자니 감탄이 다 나왔다.

"그때 내가 망쳤잖아. 우리 사이. 너는 모르겠지만 쑥스러워서 피하던 게 좀 길어져서…… 결국 인사도 잘 안 하게 됐잖아."

이어지는 말을 듣고는 도무지 표정 관리가 되지 않았다.

"그래서 회복하고 싶은데."

걷잡을 수 없이 빠르게 멀어졌던 관계도,

"안 돼?"

처음처럼 단숨에 가까워질 수 있나 보다. 누군가 꼭 용기를 낸다면 말이다.

나는 우두커니 서서 눈치를 보는 이연준에게 소리쳤다.

"돼!"

"아까 무슨 일 있었는지 이 언니에게 자세히 말해볼래?"

청소 시간에 빗자루를 든 우영지가 슬쩍 다가와 은밀하게 물었다.

"뭐가?"

"복도에서. 너랑 4반 이연준이랑."

벌써 소문이 자자하다며 눈을 찡긋하는 우영지에게 무슨 말을 하면 좋을지 몰라서 그냥, 하고 얼버무렸다. 걸레로 창틀을 닦는 데 열중하는 척했지만 마음이 자꾸 옆 반으로 쏠리는 기분이었다. 이연준과 같은 초등학교를 졸업

했으며 예전에 잠시 친했다는 사실을 아는 유일한 반 친구
는 알고 보니 엄청 장난스러운 애였다.

"3반 최성은이랑 4반 이연준 사이에 대해 애들이 관심
이 많아."

"너만 그런 거겠지."

"네 짝꿍도 그럴걸."

우영지가 고갯짓으로 내 자리 쪽을 가리키며 속삭였다.
아니나 다를까 짝꿍이 흥미롭다는 얼굴로 쳐다보고 있었
다. 말없이 시선을 떨구며 할 말을 고르는데 우영지가 창
틀에 팔을 기댄 채 말을 이었다.

"가끔 그럴 때 있지 않아? 누가 나 좀 발견해 줬으면 할
때. 그래서 과분하게 좋아해 줬으면 싶을 때. 성은, 너는 좋
겠다. 이연준이랑 눈이 맞아서."

"뭐, 뭐래."

"근데 저 유령도 좀 부럽네."

창틀에 양 팔꿈치를 대고 완전히 기대선 우영지가 히죽
웃었다.

"네가 발견해 줬잖아. 아무도 못 보는데, 자길 봐주는 사

람이 생겼잖아."

나는 청소하느라 분주한 애들 사이로 짝꿍을 바라보았다. 연필을 찾다가 지친 모양인지 책상에 이마를 댄 채 엎드려 있었다.

"외로울까?"

불쑥 중얼거린 말에,

"외롭겠지."

우영지가 고개를 끄덕이며 대답했다. 내 옆자리에 유령이 있다는 사실을 의심하지 않고 받아들여줄 수 있는 사람이 이 교실에 몇 명이나 될까. 두 눈으로 식별할 수 없는 존재에 대한 믿음은 둘째치고, 짝꿍이 유령이며 그 애가 잃어버렸다는 연필을 찾아주기로 마음먹은 나에게로 흔쾌히 다가와 줄 애는 이 학교에서 몇 사람이나 될까.

나는 코밑을 검지로 훑고는 다시 창틀을 닦는 일에 집중했다.

오늘은 기필코 연필을 찾아주고 싶다.

그리하여 영원히 중1로 남을 수도 있는 짝꿍의 꼬인 운명을 다른 방향으로 틀어주고 싶다.

방과 후.

이연준의 반에 조용히 모여든 나와 우영지는 경건한 얼굴로 주변을 돌아보았다. 창문을 열자 바람을 따라 커튼이 흩날렸다.

"없네."

우영지가 사물함 앞에 누운 채 중얼거렸다.

"여기도."

교탁 앞에 선 이연준이 이마에 맺힌 땀을 닦아내며 보고했다.

"짝꿍한테 뭐라고 말하지."

가뜩이나 침울해 있는 짝꿍에게 어느 곳에도 네 연필이 없다는 이야기를 전하려니 마음이 무거웠다. 짝꿍에게는 짝꿍의 시간이 흐르고 있었고, 그 시간이 다 흐른데도 여전히 교실에 달라붙어 살아야만 한다.

나 말고 또 누가 짝꿍을 발견할 수 있을까.

내년에 3반에 배정되는 신입생 중에는 짝꿍의 존재를 눈치챌 수 있는 기민하고 섬세한 학생이 있을까. 이런저런 생각들로 머릿속이 뒤엉킬 때였다.

"혹시 여긴 찾아봤어?"

키가 큰 이연준이 칠판 위를 보려고 제자리에서 몇 번 뛰었다. 그러더니 가까운 자리에서 의자를 들고 와 밟고 올라섰다.

"아, 먼지."

칠판 위를 손바닥으로 훑던 이연준이 눈썹을 치켜세우더니 다시금 손을 뻗어 더듬기 시작했다. 한참 연필을 찾던 이연준이 어, 하며 손날로 칠판 위을 쓸었다. 먼지 뭉텅이와 함께 뭔가가 떨어졌다.

하늘색 2B 연필. 그리고 분홍색 지우개.

"이게 왜 여깄어?"

이연준이 중얼거렸다.

짝꿍이 말한 모양새를 가진 연필이었다. 나는 먼지 묻은 연필을 서둘러 치맛자락에 문질러 닦았다. 오랜 세월 동안 먼지 아래 있던 연필 끝에는 낯선 이름 석 자가 적혀 있었다.

신은빈.

나는 연필을 쥔 채 서둘러 3반으로 뛰어갔다. 뒷문을 열자 짝꿍이 천천히 돌아보았다.

"이거!"

연필을 바라보는 짝꿍이 휘둥그레졌다.

"이거 맞지?"

– ……

"신은빈, 이게 네 이름이지?"

드디어 연필을 발견했다는 기쁨 때문에 목소리 끝이 살짝 떨렸다. 드디어 유령에게서 해방이라는 기대감보다, 짝꿍이 기뻐할 거라는 생각이 먼저 나를 압도했다.

책상에 내려놓은 연필을 바라만 보던 짝꿍이 느릿느릿 말했다.

– 응.

연필 끄트머리에 새겨진 이름에서 눈을 떼지 못하는 짝꿍의 미간이 한껏 좁혀졌다.

"뭐라셔? 찾으시던 연필이 맞대?"

우영지가 뒤에서 재촉하며 물었다. 이연준 역시 두 손에 묻은 먼지를 털 생각도 못하고 나의 반응을 지켜보고 있었다.

– 내…… 연필이야. 소중한 거야.

"맞대! 짝꿍이 찾던 연필이 맞대!"

나도 모르게 두 손을 번쩍 들며 포효했다. 우영지와 어깨동무를 하고 빙글빙글 도는 동안 짝꿍은 아무 말이 없었다.

"근데 연필이 왜 거기 있었지?"

우영지가 멈춰 서며 칠판을 바라보았다. 이연준과 눈이 마주쳤다.

"그러게."

누가 일부러 거기 두지 않는 이상 발견할 수 없는 위치였다. 하물며 칠판 지우개도 아닌 연필이 어째서 거기 있었던 걸까.

"누가 일부러 던진 거야?"

나는 짝꿍의 옆에 의자를 빼고 앉으며 진지하게 물었다.

"괴롭혔어? 누가 물건 숨기거나 뭐 버리고 그랬어?"

– 잘…… 기억나진 않지만…….

짝꿍이 머무적거리다가 입을 열었다.

– 지금은…… 괜찮아.

괜찮다니.

괜찮지 않은 일 앞에서 괜찮을 수 있는 사람은 아무도 없었다. 아무리 유령이라고 해도. 나는 유령의 대답을 전달해주기만을 기다리는 우영지와 이연준에게 아무 말도 할 수 없었다.

– 이제…… 떠날 수 있을 것 같아.

"어디로?"

– 어디로든.

그렇게 말한 짝꿍이 싱긋 미소 지었다.

– 잘…… 있어.

자리에서 일어난 짝꿍이 손을 흔들었다. 우영지와 이연준에게도 번갈아 인사하는 짝꿍에게서 향초가 타는 듯한 냄새가 풍겼다.

기다리고 기다렸던 이별의 순간이 왔지만, 무슨 까닭인지 전혀 즐겁지 않았다. 이제 내 옆자리는 텅 비겠구나. 시원하고 섭섭했으며, 한동안 허전하리란 생각이 들었다.

– 성은이 너는…… 내가 중학생이 되어 만난…… 친절한 애야.

"뭐야. 마지막이라고 좋은 말해주는 거야?"

괜히 퉁명스레 인사하자, 이별을 예감한 우영지와 이연
준이 나란히 손을 흔들었다.

ㅡ 나는…… 짝꿍 복이…… 있나 봐.

"난 그렇게 생각 안 해."

ㅡ 혼자…… 앉게 됐네. 그래도…… 금방…… 짝꿍이 생
  길 테니까…… 걱정 마.

"걱정 안 해!"

그러니 언니 너도 걱정 없이 잘 갔으면 좋겠다고 생각
하며 눈을 깜빡일 때였다. 편안한 표정으로 사라지던 짝꿍
이 맞다, 하면서 말했다.

ㅡ 마지막…… 부탁이…… 있어.

그날 늦은 오후. 우리는 짝꿍이 좋아했다는 운동장의
은행나무와 음악실로 이어지는 구름다리. 구령대 옆 화단
을 차례대로 찾아갔다. 그리고 그곳에서 온 마음을 다해
외쳤다.

"은빈 언니, 잘 가!"

"언니, 잘 가요!"

"누나, 안녕히 가세요!"

있는 힘껏 유령을 배웅하는 목소리에 놀란 까치 몇 마리가 근처에 있는 소나무 위로 날아올랐다.

연필을 찾은 짝꿍은 늦게나마 행복할 수 있을까. 오래전 다정했던 짝꿍이 줬다는 연필을 드디어 찾았으니 마음 놓고 사라질 수 있을까. 붙박여 지냈던 교실에서의 마지막 순간에 느낀 감정이 홀가분함뿐이었으면 좋겠다고 생각하는 동안 해가 이울었다. 이제 곧 날이 저물 것이다.

"내년에는, 우리 다 같은 반 되면 좋겠다."

구름다리 난간을 잡은 채 노을 지는 운동장을 내려다보던 이연준이 중얼거렸다.

"그땐 너랑 짝꿍이 될 수 있으려나."

그 말이 예언이 되어 정말 이루어지면 좋겠지만, 한편으로는 졸업할 때까지 이연준과 옆자리에 붙어 앉는 일이 없더라도 우리가 다시 멀어지거나 서먹해질 일은 없을 거라는 막연한 예감이 들었다. 옆에서 우영지가 실실 웃는 게 느껴졌지만 최대한 아무렇지 않은 척했다.

2학년 때, 아니면 3학년 때라도 이연준과 같은 반이 되

면 좋겠다. 이왕이면 우영지도 함께. 그런 행운이 오면 좋

겠다고 생각하다가 불현듯 떠오른 생각에 박수를 쳤다.

"우리 소원 빌까?"

"케이크나 촛불도 없이?"

"있다 치고."

나는 우영지에게 웃어 보이며 두 손을 모았다. 그리고

눈을 감았다.

짝꿍이 잘 떠나게 해주세요. 여기 남은 우리들의 행운도

좀 빌어주세요. 내년이나 내후년에 꼭 셋이 같은 반 되게

해주세요.

소원의 대상을 정해놓지 않고 무작정 빌었지만 어쩐지

느낌이 좋았다.

"잘 가!"

나는 마지막으로 한 번 더 짝꿍에게 인사했다.

우리는 여기서 잘 지낼게. 언니는 거기서 더 잘 지내길.

"당분간 허전해서 어떡해?"

우영지가 고개를 기울이며 물었다.

"어쩌면 그럴지도."

연필만 봐도 생각나는 사람이 생겼으니까.

우리는 구름다리를 마저 건너 1층으로 향했다. 이제 집으로 돌아갈 시간이었다. 가뿐한 마음을 안고 고요한 교정을 걸었다.

앞장서서 걷는 우영지를 따라 여유롭게 걸음을 옮겼다. 나란히 선 이연준에게서 익숙한 향기가 났다.

교문을 지나 상가로 이어지는 골목을 걷는데 가로등 아래 피어 있는 개나리와 진달래가 보였다.

"내일 학교 같이 갈래?"

이연준이 한 발 옆으로 다가와 물었다.

"연필은 이제 안 찾아도 되지만."

서둘러 덧붙인 말에 웃음이 새어 나왔지만 얼른 삼켰다.

우리는 허물없이 가까워지고 있고 마침 같은 동네에 살고 있으니 그래도 되지. 당연히.

"여덟 시 사십 분까지 집 앞 느티나무 아래에서 봐."

던지듯 건넨 말에 이연준이 운동화 앞코로 바닥을 툭툭 치며 웃었다.

"그래."

저만치 앞서 걷다가 뒤돌아 빨리 오라고 손짓하는 우영지와, 지금 곁에 서 있는 이연준의 존재감은 반에서 유일하게 짝이 없는 나의 빈 자리를 꽉 채워줄 것이다.

짝꿍은 사라지고 없지만, 오늘보다 내일 더 교실에 마음을 붙일 수 있을 것 같다. 지겨운 쪽지 시험과 체육대회, 중간고사와 기말고사를 그럭저럭 견뎌낼 수 있겠다는 자신감이 솟았다. 어쩌면 당분간 동네에서 가장 행복한 중1이 될 것 같기도 하고.

잘 지낼 것이다.

여기 있는 나도, 거기 있을 짝꿍도.

"빨리 와! 이제 신호 바뀐다."

우영지가 외쳤다.

"뛰자!"

나는 이연준과 동시에 달리기 시작했다.

봄은 언제 오는가, 엄마가 다시 묻는다면 이번에는 다르게 대답하고 싶다. 지금 여기, 벌써 와 있다고.

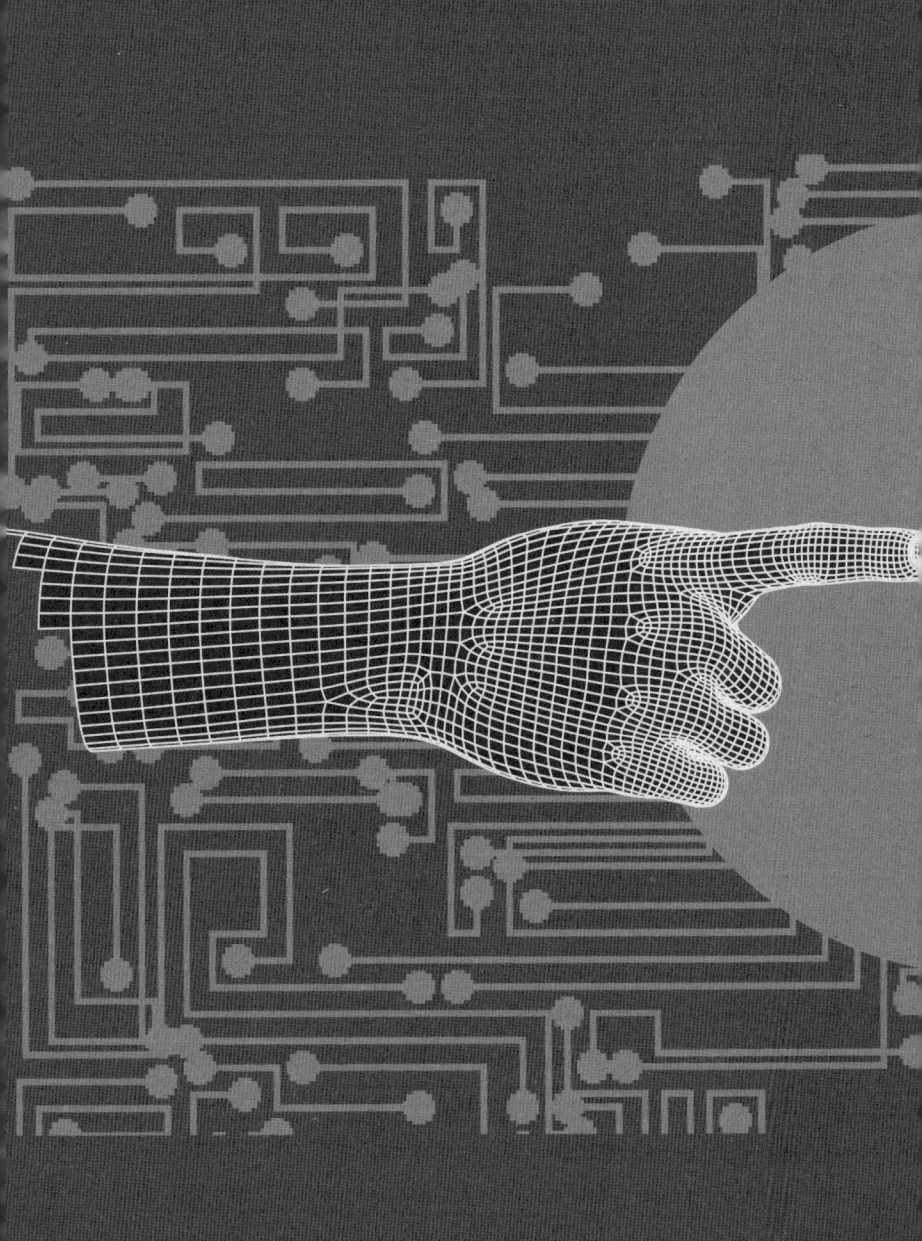

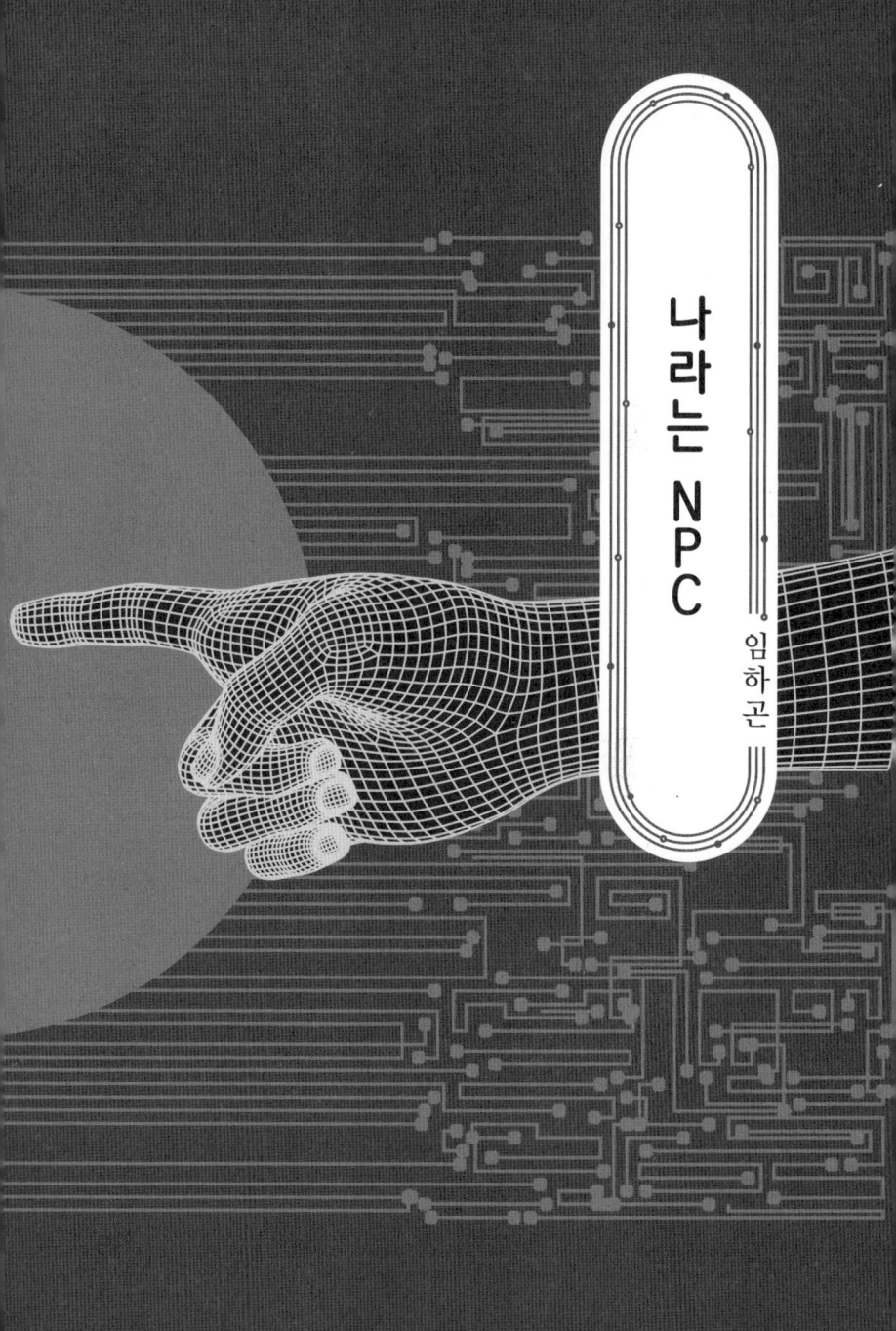

나라는 NPC

임하곤

어느 반에나 유난히 빛나는 아이가 있다. 한영이가 꼭 그랬다. 교실 앞 시계를 보니 시간은 1교시 시작 10분 전, 가방엔 싫은 체육복까지 챙겼으니 오늘은 분명 수요일이 었다. 언제나처럼 한영이는 아이들의 중심에 서 있었다.

"돌핀 백화점에서는 돌고래가 쇼핑백을 들어줘. 사실은 평범한 드론에 홀로그램이 덧씌워진 건데, 가장 친근한 동 물이랑 동행할 때 지갑도 열린다는 거지. 그 앞에 단톡방 연동 총 게임도 있어. 일단 단톡에 초대되고 나면 레이저 가 찌르르, 꼭 '도시의 총잡이'처럼."

재네 집은 돈이 많은가? 한영이가 여행에 관해 이야기

할 때마다, 나는 그렇게 생각하곤 했다. 하지만 불만이 있는 사람은 언제나 나뿐이었다. 한영아 부럽다, 나도 꼭 가보고 싶어, 한영이 너 정말 똑똑하게 여행하는구나. 모두 입을 모아 한영이의 경험을 칭찬하기 바빴다. 꼭 자기들이 한영이의 부하라도 되는 것처럼. 물론 나 역시 귀가 쏠리긴 했다. 한영이의 이야기엔 뭐랄까, 생생한 구석이 있었으니까.

반면 내 경우는 당장 작년 겨울에 간 가족 여행도 잘 기억이 나지 않았다. 두루뭉술하고 뿌옜다. 그렇게 정작 내 경험은 그리 중요하게 여기지 않으면서, 질투만 많아 바보 같다고. 평소라면 또 자책하고 넘어갔으리라. 하지만 그날은 좀 달랐다. 불만이 자꾸 쌓여서일까, 문득 이상하다는 생각이 스쳤다.

잠시만. 나 자신에 관한 추억이 더 흐릿하다고? 한영이와 관련된 일들은 그렇게 또렷하게 기억하는 나인데? 그러고 보니 나, 왜 한영이에게만 후광이 비치는지 진지하게 의심해본 적이 없었다. 그저 한영이는 원래 그렇게 생겨 먹은 아이라고만 생각했다. 내 쪽이 원래도 그늘의 고사리인 양

비실비실하고 음침했던 것처럼. 교실의 앞쪽에서 아이들에게 둘러싸인 한영이는 언제나 태양, 태양처럼, 맙소사.

실제로 백색광이 흘러나오고 있잖아?

그동안 한영이가 자체 발광할 정도로 다재다능한 아이라고만 생각했다. 하지만 어느 때보다 자세히 살펴본 한영이의 몸체에선 실제 광채가 흘러나오고 있었다. 꼭 카메라의 뽀얀 필터 효과처럼 은은한 정도였지만 분명했다. 게다가 단순히 반사된 빛도 아니었다. 그 빛이 한영이의 움직임 하나하나를 집요하게 쫓았기 때문이다. 나는 눈을 비벼 봤지만, 한번 인식한 빛은 좀처럼 사라질 줄을 몰랐다.

그때부터 한영이의 모든 게 달리 보이기 시작했다. 그래, 사람이 어떻게 저렇게 잘 웃어? 평범한 중1이 저렇게 성격도 좋을 순 없지. 게다가 재능은 또 어떻고? 축구나 피구 정도만 잘할 것 같은 한영이는 심지어 마이너한 인디 게임에까지 해박했다. 둘 다 잘했다. 한때는 따라잡을 수 없을 것 같았던 한영이의 매력이 이제는 소름 끼치는 사기극의 증거물처럼 느껴졌다. 와. 심지어 한영이는 예뻤다. 그녀의 보기 좋은 반곱슬엔 언제나 적절한 공기층이 깔려 있었다. 꼭 신이 한영이의 옆에서만 입김을 불어주는 것 같았다.

내가 막 그렇게 생각할 때, 한영이는 평소처럼 나에게 걸어왔다. 내 자리는 교실의 맨 뒤라, 그런 한영이의 움직임을 언제나 눈치챌 수 있었다.

"세빈아, 무슨 생각을 그렇게 재밌게 해?"

나한테까지 신경 써 줄 필요 없다고, 평소라면 그렇게 답했으리라. 그게 내가 압도적인 경쟁자를 상대로 구사할 수 있는 최선의 방어책이었으니까. 하지만 오늘은 내게도 물어볼 말이 있었다. 사실은 입 밖으로 내면서도 좀 긴가민가했다.

"그냥. 내가 너였다면, 사는 게 얼마나 재미있었을까 싶어서."

"뭐라고?"

고개를 치켜들고 이어서 답하려 했다. 그때, 움직임을 따라서 기울어진 내 앞머리가 그 아래 눈동자를 찔렀다. 아잇, 나는 왜 누구와는 다른 생머리여서. 착 달라붙는 앞머리가 매번 나를 더 볼품없게 만드는 걸까? 순간적인 억울함에, 좀 황당한 말도 그대로 터져 나왔다.

"너만 특별한 세상을 만들어 놓고, 너만 주인공인 거 기분이 어때?"

내가 생각해도 급작스러운 말씨였다. 하지만 더욱 놀라운 일은 그다음에 일어났다.

"네, 네가 그걸 어떻게 알아?"

한영이의 두 눈이 전에 없이 커졌다. 그 안엔 놀란 초식동물의 눈처럼 맑은 광이 번졌다. 하지만 잠시 심각하던 한영이도, 다시 나를 보고는 표정을 풀었다.

아마 한영이 역시 나의 놀란 모습을 목격한 모양이었다. 휴, 한숨까지 내쉰 한영이가 자신의 왼쪽 치마 주머니에서 무언가를 꺼냈다. 꼭 티브이 리모컨 반절만 한 크기의 리모컨이었다. 한영이가 그럼 그렇지 하는 투로 말을 이었다.

"하긴, NPC가 게임임을 이해할 리가."

"NPC라니, 그게 무슨……."

나는 곧바로 되물었지만, 중간에 말이 뚝 끊겼다. 어쩔 수 없었다. 순간 알 수 없는 이유로 내 온몸의 힘이 쑥 빠

200

져나갔으니까. 정확히는 한영이가 리모컨 상단의 빨간 버튼을 길게 꾸욱 누른 후부터였다. 혀를 놀리는 건 물론, 제대로 시야를 유지하기도 힘들었다. 잘난 한영이의 얼굴이 뒤죽박죽으로 뭉개졌다. 메스꺼웠다. 딩동댕동 곧 수업 종이 쳤지만, 항상 듣던 것보다 유난히 소리가 멀었다. 그 감각을 끝으로, 나는 그만 정신을 잃고 말았다.

눈을 떠보니, 어느새 다음 날인 듯했다. 아니, 평소와 다를 바 없는 교실의 정경이었다. 시간은 8시 50분. 아직 1교시가 시작되기 10분 전. 이게 어떻게 된 거지? 분명 한영이와 대화하다 정신을 잃었었는데, 그새 다시 등교한 건가. 조금 얼떨떨한 마음으로 핸드폰의 날짜를 확인했다. 6월 27일, 뭐? 다시 수요일이라고? 내가 막 의아해하던 그때, 교실 앞쪽에서 아이들에게 둘러싸인 한영이가 입을 열었다.

"돌핀 백화점에서는 돌고래가 쇼핑백을 들어줘. 사실은 평범한 드론에 홀로그램이 덧씌워진 건데······."

꼭 데자뷔처럼 저번과 똑같이 이어지는 대화였다. 모든 상황에 희한하도록 뚜렷한 기시감이 들었다. 하지만 이상함을 느끼는 사람도 나뿐인 듯했다. 다른 아이들은 꼭 처음 듣는다는 듯 한영이에게 맞장구를 쳤다. 물론, 그것만 보고 의심하기는 일렀다. 맹세컨대 쟤들은 한영이가 같은 이야기를 백번쯤 해도 환호해줄 준비가 되어 있었으니까. 그니까 어쩌면 그 모든 건 다 내 과대망상이었다고, 나 역시 그냥 넘어갔을지도 몰랐다.

중간에 한영이가 힐끗 내 눈치만 살피지 않았더라면, 정말 그랬을지 몰랐다.

너도 기억하는구나, 한영이와 눈이 마주치자 순간 그런 생각이 스쳤다. 나는 곧장 한영이에게 성큼성큼 다가갔다. 한영이를 포함한 아이들의 눈이 일제히 동그랗게 커졌다.

"화장실 좀 가자. 게임이랑 NPC에 대해, 할 이야기가 있어."

나는 한영이의 손목을 잡아당겼다. 꼭 뭐에 홀린 사람처럼, 한영이도 스르르 나를 따랐다. 그런데 화장실에 도착해, 내게 자초지종을 전해 들은 한영이는 오히려 신이 난 듯 보였다. 여전히 이해가 안 된 나로선 그 감정을 함께 나눌 수 없었다.

"와, 여기가 게임 속이란 걸 진짜로 인지하고 있었구나? 신기하다."

"인지 뭐? 난 아직 그런 거 못 했거든?"

"말 그대로야. '선샤인 시티'라고, 플레이어들이 캡슐 안에 들어가서 즐기는 일종의 가상현실 게임이야. 오감을 모두 체험할 수 있고, 자유도도 높고 심지어 게임 안의 감정 자극에도 플레이어가 영향을 받으니까. 요즘 세계적으로, 그러니까 이 바깥 세계에서는 정말 인기가 많지."

그러고 보니 한영이의 몸에선 다시 예의 그 빛이 새어 나오고 있었다. 어쩌면 게임인지 뭔지 하는 상황을 내가 믿고 있으면, 그제야 보이는 빛인지도 몰랐다. 하지만 가상현실이라고? 이곳, 그러니까 게임 바깥세상이 존재한다고? 한영이가 내뱉는 모든 말의 의미를 따라잡을 순 없었다. 혼란스러움이 내 표정에도 드러났는지, 곧 한영이가 부연했다.

"왜 반 아이들이 온통 나에게만 집중하는 것 같지 않았어? 이상하게 등교 이후의 시간만 기억이 더 뚜렷하고. 그러니까 나와 있는 시간만 말이야."

한영이는 이 모든 게 실은 자기가 이 게임의 플레이어, 즉 주인공이기 때문에 가능했던 일이라 설명했다. 이어지는 말에 따르면, 게임 '선샤인 시티'는 일종의 오픈 월드형 게임이었다. 쉽게 말해, 플레이어와 함께 있지 않은 순간에도 NPC들은 각자의 인생을 살고 있다는 뜻이었다. 하지만 NPC들의 모든 경험이 플레이어의 그것과 똑같은 가치로 다뤄질 순 없었다. 한영이는 용량상의 문제를 원인으로 꼽았다.

"아무래도 메모리 때문에, 주로 내가 있는 쪽 게임 환경이 고해상인 거지. 반면 너 혼자만의 시간은, 하아, 이걸 뭐라고 설명해야 하나? 저쪽을 한번 봐볼래?"

한영이의 손짓에 따라 화장실 문밖, 복도에 있는 아이들을 바라봤다. 오늘따라 그들을 보는 내 눈이 유난히 침침했다. 아이들은 대충 서 있다는 사실 정도만 파악될 뿐, 자세한 표정이나 이목구비가 보이지 않았다. 모두 고만고만

하고 특별할 것 없는 모습들. 하지만 아무리 눈에 힘을 주어도 초점은 새로 잡히지 않았다. 꼭 본판부터 별로 안 중요하게 생겨 먹은 애들처럼, 두루뭉술하고 뿌옜다.

아아, 그래서…….

비로소 가족 여행의 기억에 관한 새로운 깨달음이 스쳤다. 더불어 유독 한영이가 읊는 게임들이 생소했던 이유도 알 수 있었다. 그건 아마 다 한영이가 사는 '바깥세상'의 문물들이었겠지. 나는 탄식을 내뱉었으나, 한영이는 아랑곳하지 않았다. 오히려 나를 좀 대견해하는 듯도 보였다. 한영이는 이내 전에도 한번 본 적 있는 그 리모컨을 꺼내 들었다. 아마 무언가를 확인해 보는 눈치였다.

"아하, 이래서였나?"

'불만과 의심'의 코드라고. 한영이는 내가 세상을 인식하는 방식이 그렇게 잡혀있는 걸, 이 기현상의 원인으로 꼽았다. 모든 걸 불평하고 회의하던 내가 어느새 게임 자체에 불만을 느끼기 시작했고, 곧 이곳이 게임 세상이란 사실을 눈치챘다고. 그러니까 가짜가 자신이 가짜임을 깨달아, 결국엔 진짜를 발견하게 됐다고.

그 말에 따르면 나는 글리치 같은 존재였다. 버그처럼 게임 중 발생하는 일종의 오류지만, 버그와는 다르게 발생 후에도 게임이 진행된다고 했다. 한영이는 잔뜩 흥분한 듯 보였다. 하지만 나는 그런 건 관심 없었다. 나는 그저 한영이가 자꾸 사용하는 가짜라는 단어에 아프게 찔릴 뿐이었다.

"너무 상처받지는 마. 따지고 보면, 여기 있는 내 몸 역시 완전히 가짜거든. 이 세상에서의 진짜 힘은 오직 이 리모컨에 다 담겨 있으니까."

한영이는 제 리모컨을 여유롭게 휘둘렀다. 그러고는 다시 제 왼쪽 치마 주머니 안에 그 물건을 넣었다. 바로 그때.

쑤욱, 그 안으로 나 역시 깊게 손을 넣었다. 순식간에 일어난 일이었다. 나조차도 예상 못 한 행동이었다. 내가 그럴 정도니, 한영이는 더욱 당황했으리라. 한영이는 리모컨을 완전히 뺏기고 나서도 한동안 어리둥절한 표정만 짓고 있었다. 마치 NPC가 감히 그런 행동을 할 줄은 전혀 몰랐다는 듯, 멍청한 얼굴이었다.

"지금 뭐 하는 거야? 어어, 안 돼. 하지……."

한영이는 뒤늦게나마 손을 뻗었지만, 소용없었다. 제 경고의 말도 미처 끝마치진 못했다. 바로 그 순간, 내가 눈을 질끈 감으며 리모컨 위의 빨간 버튼을 눌러버렸기 때문이다. 솔직히 무슨 일이 일어날진 나도 잘 몰랐다. 다만 무슨 일이든 좀 생기기를 바랐다. 마음이 급해, 미처 한영이만큼 길게 버튼을 누를 수는 없었다.

한영이를 중심으로 돌아가던 세상이 멈춘 건 바로 그 순간이었다. 더 이상 내게 뻗쳐 오는 기운이 느껴지지 않아 가늘게 실눈을 떴다.

"어라? 정지했잖아?"

난생처음 보는 광경에 어색한 혼잣말이 샜다. 그럴 수밖에 없었다. 눈앞의 한영이는 역동적으로 손을 뻗은 채 돌처럼 굳어 있었으니까. 다급한 표정에도 미동 하나 없었다. 게다가 무게중심을 살펴볼 때 절대 일상적인 방법으로는 유지할 수 없는 자세였다. 복도 쪽을 바라보니 희끄무레한 아이들도 제자리에 그대로 멈춰 서 있었다. 나만 빼고 완전히 멈춰 버린 세상. 리모컨 위로 송출된 홀로그램 화면을 발견한 건 바로 그다음 일이었다.

게임을 일시 정지하셨습니다. 전원 버튼을 다시 길게 누르
시면 게임이 종료됩니다.

(경고: 리모컨을 거리 인식형으로 사용하시면, 분실 시 위험이 따
를 수 있습니다.)

솔직히 화면 안의 글귀가 무슨 뜻인지 온전히 이해되진
않았다. 다만 확실한 건, 이제는 내 손안에 이 리모컨이 쥐
어져 있다는 사실이었다. 리모컨 화면에선 은은한 불빛이
새어 나오고 있었다. 꼭 한영이의 빛과 같은 백색광이었다.

오전 수업 내내 살펴보자 리모컨의 기능은 얼추 파악됐
다. 아무렴 한낱 NPC인 나에게까지 자의식을 부여하는 게
임이었다. '선샤인 시티'의 조작법이 직관이 통하지 않게
복잡할 리 없었다. 더 이상 리모컨을 지키려고 걱정할 필
요도 없었다. 아까 일시 정지의 순간에 한영이의 강제 플

레이 모드를 설정해 뒀으니까. 한영이의 새로운 모드는 바로 '제자리에서 꼼짝하지 않고 조용히 함'이었다. 한영이의 존재감 수치도 최소로 낮춰 놓았다.

"한영이는 밥 안 먹나?"

"그러게. 오늘 어째 통 안 보인다?"

그런 사정을 알 리 없는 아이들은 급식 시간이 되자 습관처럼 한영이를 찾았다. 바로 옆에 두고도 한영이를 보지 못했다.

당연한 일이었다. 이제 리모컨의 힘으로 고해상의 주목을 받는 건 한영이가 아닌 나였으니까. 리모컨 화면을 흘깃 내려다보니 한영이는 여전히 NPC가 아닌 플레이어로 표시되어 있었다. 하지만 플레이어의 막대한 권능만큼은 이제 내 소유가 되어 있었다.

게다가 거리 인식형이라니.

처음엔 아리송했던 그 경고 문구도, 리모컨을 한참 뜯어본 지금은 쉽게 이해가 갔다. 거리 인식형이란, 리모컨이 거리가 가장 가까운 대상을 제 주인으로 인식하는 방식이었다. 찾아보니 플레이어 본인이 직접 능력을 행사하는 방식도 있던데, 한영이는 왜 이렇게 위험한 방식을 채택한 걸까? 바보 같았다.

나는 의아했으나, 이내 관심을 돌렸다. 지금은 한영이의 의중 따위가 중요한 순간이 아니었다. 딩동댕동, 곧 5교시 시작종이 울리겠지. 5교시는 내가 정말 싫어하는 체육이었다. 아니, 그러니까 어제까지는 분명 싫어'했던' 그 과목이었다.

나는 기대에 부풀어 체육복을 황급히 갈아입었다. 그러느라 한영이가 점심밥을 안 먹었다는 사실도 너무 늦게 깨달았다. 하지만 아무렴 어떤가 싶었다. 어차피 한영이도 여기 있는 자기 몸은 진짜가 아니라고 말했었으니까. 한두 끼 굶는 것 정도는 상관없으리라 여겼다.

어느새 한낮의 햇볕이 쨍쨍하게 내리쬐는 운동장 한복판. 오늘의 종목은 언제나처럼 피구였다. 나는 리모컨을 확인하며 체육 시간의 활동도 한영이의 취향에 맞게 고정되어 있었음을 확인할 수 있었다. 한영이가 왜 특히 피구를 선호했는지도 금방 이해가 갔다.

"와, 도대체 어떻게 던진 거야?"

"저걸 잡아낸다고? 또 한 명 살려냈어."

내가 공을 던지고 또 받아낼 때마다 연이어 아이들의 함성이 터졌다. 매사에 나를 못마땅해하던 체육 선생님도 두 눈이 번쩍 뜨였다. 그도 그럴 것이, 나는 피구 공을 가지고 거의 기예를 펼치고 있었기 때문이다. 내가 던진 공은 운동장 반 바퀴를 선회하다가도 여지없이 상대편 등허리에 가서 꽂혔다. 동시에 상대의 그 어떤 공도 쉽게 받아낼 수 있었다. 다리 사이로, 등 뒤로, 혹은 내 키의 두 배 높이로 점프해서 척척척. 반에서 가장 공이 빠른 아이보다도 내가 한 끝 더 수비력이 높도록 미리 조정해 놓았기에 가능한 일이었다. 선이 그어진 경기장 안에서 나는 아이들의 구원자이자 천적이었고, 든든한 동료인 동시에 슈퍼스타였다.

물론, 한영이는 내 적팀에 배치해 두었다.

이미 이 게임의 모든 규칙을 내가 통제할 수 있는 상황이었다. 가위바위보로 정해지는 피구의 대진표 정도는 쉽게 조작할 수 있었다. 그러니, 적팀의 가장 마지막 남은 인원이 한영이인 것도 결코 공교로운 일만은 아니었다. 시합 직전 나는 한영이의 회피력을 최대치로 올려놓았다. 동시에 공포에 관한 민감성도 최고로 높게 조정해두었다.

"으악! 으아악!"

항상 여유 만만하던 한영이는 꼭 겁에 질린 닭 같은 소리를 내며 피구장 안을 이리저리 뛰었다. 한영이는 공이 너무 무서운 듯했지만, 쉽게 경기를 끝낼 수도 없었다. 내가 던지는 빠른 공들을, 한영이는 싫어도 계속 피해낼 수밖에 없었기 때문이다. 꼭 과거의 내 모습 같았다.

생각해보면 웃겼다. 한영이는 왜 날 그 정도로 체육에 젬병으로 만들어 놓은 걸까? 얼핏 보니까 나는 외부의 자극에 민감성이 높은 편이던데. 나도 꼭 저만큼 무서웠는데. 플레이어 한영이에겐 NPC에 대한 일말의 동정심도 없었던 걸까? 생각이 깊어지자 실수로 공이 손에서 샜다. 한영이는 부리나케 공을 줍는 데 성공했지만, 이내 나와 눈을 마주치고는 제 행동을 멈췄다.

던지면, 던져도 같은 상황이 반복되리라는 걸 한영이는 아주 잘 알고 있었다.

다른 아이들에겐 말할 수 없는 또 다른 층위의 공포가 한영이의 눈빛에 오롯이 비쳤다. 결국 한영이에게 남은 선택지는 단 한 가지였다. 자존심이 한영이를 거친 공에게서 지켜줄 순 없을 테니까. 결국 한영이는 나에게 다가오기 시작했다. 던지지 못한 공을 얌전히 양손에 받쳐 쥔 채로. 아마 한영이는 할 수만 있다면 중앙선을 넘어 내 쪽으로 건너오고 싶었으리라. 하지만 선을 넘을 순 없으니까, 그건 규칙이니까. 대신 한영이는 조용히 내게 고개를 끄덕였다. 눈빛으로 애타게 나를 불렀다.

아아, 내가 어떻게 저 눈빛의 의미를 모를 수 있을까? 내게도 익숙한 몸짓이었다. 바로 저번 주까지만 해도 내가 한영이에게 하던 행동이 꼭 그랬었다. 그건 원수 같은 체육이 나를 항상 구박하는 이유기도 했다. 그래서 나는 느긋하게, 마치 대인배가 그러하듯 한영이에게 다가갔다. 그 뒤론 마치 정해진 수순처럼 한영이가 넘겨주는 공을 차분히 건네받았다.

"제발 그만 끝내줘. 이러다 진짜 큰일 나."

한영이가 작게 속삭일 때는 좀 엄살이다 싶기도 했다. 아무렴, 한영이의 입장에서 이 피구는 게임 속의 게임일 뿐인데, 게임이 좀 말렸다고 큰일까지야. 게다가 한영이가

따로 부탁하지 않아도 나도 이쯤에서 피구는 끝낼 계획이
었다. 이내 나는 받아든 공으로 톡, 한영이의 팔뚝을 건드
렸다. 그렇게 게임은 허무하게 끝났다. 자신은 나를 이길
수 없다고 인정한 한영이의 완벽한 기권패였다.

"와아아. 진짜 대단하다."

"너 이름이 세빈이었지? 앞으로 친하게 지내자, 세빈아."

그 순간 나는 한영이의 표정이 궁금했지만, 확인할 수
없었다. 이내 환호를 내지르는 아이들이 나를 둘러쌌기 때
문이다. 이 애들한테는 과거 스타의 몰락보다 새로운 스타
의 탄생이 더 중요한 걸까? 뭐, 아무렴 상관없었다. 지금
이 순간, 승자의 미소를 짓고 있는 건 나였다. 리모컨만 내
손안에 있다면 나는 언제고 이 기쁨을 유지할 수 있었다.

한영이가 시내 여행을 좋아하는 쪽이라면, 나는 주변 환
경에 더 관심이 많았다. 리모컨이 생겼다고 당장 학교 밖

의 세상에 뛰어나갈 생각은 별로 안 들었다. 비로소 반 아이들의 면면이 더 자세히 보이기 시작한 것도 그 이유 중 하나였다.

이제는 아이들이 나를 중심으로 모였다. 기대와 선망이 깃든 얼굴들이 새삼 뚜렷하게 눈에 들어왔다. 개중엔 주훈이도 있었다. 우리 반에서 가장 잘생기고 로맨틱하다고 설정된 아이였다. 이쯤 되면, 내가 다음에 무슨 행동을 할지, 짐작한 사람이 있을지도 모르겠다. 실제로 주훈이의 나에 대한 호감 수치를 올리는 건 에어컨 온도를 24도에서 18도로 낮추는 것만큼 간단한 일이긴 했다.

하지만 굳이 그러고 싶지 않았다. 주훈이는 물론 다른 남자애들에겐 일절 관심이 없었다. 세상에, 교복 조끼에서 멸치볶음 냄새와 땀 냄새가 섞여 나는 애들이 뭐가 좋다고. 오히려 난 이미 서로에게 관심이 생겨 시시덕거리는 커플들이 눈에 밟힐 뿐이었다. 정신 차려, 너희들의 주인공은 서로가 아니라 바로 나, 정세빈이라고! 속으로 부글부글 끓었지만, 겉으론 태연하게 굴었다. 나는 명실공히 이 반 안의 호감 가는 연예인이었으니까.

교내 커플 발생 시 둘 중 한 명은 퇴학 처분.

대신 내가 내린 조치는 이거였다. 리모컨의 수많은 기능 중 특히 교칙을 바꾸는 부분이 가장 짜릿했다. 이제 커플 인 아이들은 눈물을 머금고 서로에게 안녕을 고해야 했다. 손을 붙잡고 마지막 인사를 나눌 수도 없었다. 그럴 경우, 두 사람 다 퇴학당해야만 한다는 세칙 역시 추가해놨기 때문이다.

"음하하하."

통쾌하다는 듯 웃어젖히는 나를 한영이가 힐끗 넘겨다 보았다. 어딘가 지친 듯한 눈빛. 하지만 그만둘 수 없었다. 여기서 멈추기엔 나는 아직 누려보지 못한 게 너무 많았다.

나는 교복부터 바지로 바꿔버렸다. 주머니가 얕아 불편 한 치마는 여자애들 대신 남자애들이 입도록 만들었다. 무엇보다 리모컨이 잘못해서 주머니 밖으로 떨어진다면 큰일이었으니까. 시간표도 내 마음대로 새로 짰다. 좋아하는 국어나 미술을 잔뜩 늘리고, 동시에 체육도 매일매일 들을 수 있도록 편성했다. 대신 이젠 선생님이 아닌 학생이 체육 수업을 감독하도록 바꿨다. 반대로 피구장 안에서 직접 경기를 뛰어야 하는 건 선생님들이었다. '건강한 몸에 건강한 방정식이 깃든다', 주장하던 수학 선생님이 이제는 '에잉, 퇴근 전에 땀 빼기 싫은데' 구시렁대며 운동장으로 나왔다.

그렇게 학교를 멋대로 바꾸기를 삼 일째, 문제는 얼마 안 가 터졌다.

"저, 적어도 치마를 늘릴 수 있게 허용해주시면 안 될까요? 다른 남자애들은 몰라도 저는 제 다리털이 부끄러운데, 그래서 여름에도 반바지 절대 안 입었었는데."

"미안하다. 교장 선생님도 교칙이라 어쩔 수가 없어."

바로 새로운 교칙에 불만을 느끼는 아이들이 생겨난 거였다. 게다가 내가 정한 규칙은 어떤 출처도 없었으니, 사람들은 더욱 당황할 수밖에 없었다. 혹시 시간이 좀 흐르면 아이들과 선생님들도 좀 적응이 될까 싶었다. 그래서 곧장 시간을 일주일 정도 빨리 감아버렸다. 하지만 일주일 후의 학교는 훨씬 더 난장판이 되어 있었다.

"피구 경기장은 직사각형. 여덟 개의 점, 네 개의 선으로 이뤄져 있지. 하지만 이런 게 뭐가 중요할까? 이런 걸 외울 시간에 운동을 좀 더 했다면, 두 판에 한 판 정도는 공을 피할 수 있지 않았을까?"

다시 만난 수학 선생님은 거의 노이로제 비슷한 피구 중독에 빠져 있었다. 문제는 그뿐만이 아니었다. 교칙으로 강제 이별을 당했던 아이들도 그중 하나였다. 일주일 후면 좀 괜찮아져 있을 줄 알았는데, 내 생각이 틀렸었나 보다. 이들은 여전히 눈물바다에 빠져 있었다. 수업 도중에도 툭 누군가 울음을 터트리면, 꼭 갓난아기들처럼 다른 아이들도 합류해 울었다. 얘네 진짜 사랑이었구나, 뒤늦게 그런 생각이 스쳤다.

퇴학시켰던 아이들을 학교로 되돌려 놓았지만, 상황은 해결되지 않았다. 집에 있던 아이들은 일주일간 무감각한 생활만 이어왔을 거였다. 감정의 깊이가 학교에 남아 있던 쪽만큼 절절하게 유지됐을 수 없었다. 똑같은 순간 헤어졌는데 유독 한쪽만 마음이 정리된 상황이었다.

이거 그러면 어떻게 해야 해? 게임이 왜 이렇게 어려워? 도대체 누구한테 도와달라고 하지?

머릿속에 혼란이 가득 찼으나 의외로 답은 뻔했다. 나 말고도, 게임 '선샤인 시티'를 알고 있는 유일한 존재. 동시에 내가 쩔쩔매고 있는 이 게임을 지금까지 잘 운영해온 존재. 그런 존재는 이 세상 안에 오직 한 사람이었으니까. 걔가 이제 와 내 부탁을 들어줄까 싶었지만, 한편으론 걔도 이 학교가 이렇게 망가지는 건 원치 않을 듯싶었다. 어차피 내겐 다른 선택지도 없었다. 판단이 서자, 나는 곧장 그녀에게로 다가갔다. 쾅, 좀 결연하다 싶을 정도로 세게 책상을 내리치며 내가 말했다.

"한영아, 네 도움이 필요해."

"나름대로 섬세한 노력을 기울여왔어. 그만큼 소중했어. 너야 내가 너희들을 하찮게 여겨왔다 생각하겠지만. 어떤 면에선 나도 정말 오만했었지만, 꼭 그런 것만은 아니었어."

얌전히 제 자리에 앉아있던 한영이가 덤덤히 제 생각을 읊었다. 나는 한영이의 바로 앞자리에 앉아 의자 등받이를 감싸고 앉은 채였다. 공개적인 자리에서 펼쳐지는 대화였다. 하지만 우리 주변의 일정 반경으론, 그 안으로의 물리적 접근과 소리 간섭을 차단하는 막을 설치해두었다. 덕분에 이 대화는 반 한가운데서도 우리 두 사람만 참여할 수 있었다.

한영이는 계속해서 자신이 '선샤인 시티' 안의 사람들에게 마음 쓰고 있음을 어필했다. 나에겐 그 말보다도 한영이의 몰골이 더 신경 쓰였다. 그러고 보니 내가 한영이를 마주하는 게 실로 간만이었다. 오랜만에 마주한 한영이의 모습은 초췌해 보였다. 악취가 풍겼다. 한영이의 보기 좋은 반곱슬머리가 잔뜩 기름에 절어 넝쿨식물처럼 엉켜 있었다.

그러고 보니 게임 속 한영이는 먹지도 씻지도 않고 일주일이 흘렀겠다는 깨달음이 스쳤다. 한영이의 '꼼짝하지 않기' 모드를 풀지 않은 채 시간을 빨리 감아버렸기 때문이다. 나는 리모컨을 꺼내 한영이의 상태를 살폈다. 과연 배부름과 청결 수치가 모두 최하를 찍고 있었다. 내 무심함이 괜히 좀 민망해져 은근슬쩍 한영이의 모드를 다시 자유롭게 풀어놓았다.

한영이 역시 제 상태변화를 감지한 듯 표정이 변했다. 내가 쥐고 있는 제 리모컨도 힐끗 넘겨보았다. 하지만 그 뿐, 다른 행동에 나서진 않았다. 한영이는 자기가 조금이라도 허튼 수를 부리면, 내가 시간을 정지시켜 버릴 거란 사실을 알았을 테니까. 한영이는 대신 천천히 고개를 저었다.

"게임이 너무 어그러져서 게임 내부에서 원래 상태를 복구하는 건 이제 불가능해. 리모컨을 내게 줘. 내가 큰 변화가 일어나기 전의 자동 저장 시점으로 돌아가 다시 시작해 볼게. 학교를 원상복구 해놓을게."

"다시 시작한다니? 게다가 큰 변화가 있기 전이라면……."

한영이가 고개를 깊게 끄덕였다.

"그래. 네가 이곳이 게임 속이라는 걸 눈치채기 전으로 말이야."

순간, 나는 벌떡 자리에서 일어났다. 한영이도 곧장 나를 따라 일어났지만, 다시 주저앉을 수밖에 없었다. 내가 한영이를 상대로 재빨리 앉기 버튼을 눌렀기 때문이다. 한영이는 억울하다는 듯, 앉은 채 따졌다.

"꼭 학교 때문에만 하는 말이 아니야, 나도."

"듣고 싶지 않아!"

나는 그대로 한영이의 입까지 막아버렸다. 오스스 전신에 소름이 끼쳤다. 그래, 한영이는 원래 저런 아이였어. 천성이 저랬어. 아무렴, 원래부터 인기인이었던 한영이가 고작 일주일 소외되어 있었다고 내 감정을 이해할 리 없었다. 이상한 배신감마저 느껴졌다. 이 세상이 게임임을 알기 전으로 돌아간다는 건, 곧 나 역시 내가 NPC인 걸 모르는 상태로 돌아감을 의미했으니까. 그렇게 당연하게, 나 스스로가 덜 중요하게 여겨지는 걸 내 탓으로 돌리는 생활이 반복될 테니까.

절대 다시는 그러고 싶지 않아.

나는 그렇게 생각하며 주춤주춤 뒷걸음질 쳤다. 한영이에게 입력한 앉기와 조용히 하기 명령은 그저 일회적인 명령이었다. 하지만 한영이는 나를 쫓아오지 않았다. 대신 한영이는 어딘가 절절한 태도로 내게 외쳤다.

"나는 네가 옳게 행동할 거라 믿어. 왜냐하면 너는 나를,

나를······."

한영이는 무언가 열심히 선언하고 있었다. 하지만 그 말
은 내 귀에 끝까지 전해지지 못했다. 한영이가 말을 잇던
그 순간, 공교롭게도 나는 내가 쳐놓은 방음의 막을 막 지
나쳐 버렸기 때문이다. 내게는 그저 한영이가 입만 뻥긋뻥
긋하는 것처럼 보였다. 심지어 점점 두루뭉술하게 번져가
는 채였다. 그 모습은 너무 처절해 어딘가 우스워 보이기
까지 했다. 그 속내를 더는 듣고 싶지 않았다.

그날 수업 중에, 나는 슬며시 한영이의 배부름 수치를
올려놓았다. 청결 문제도 해결해줬다. 머리가 식자, 역시나
그 부분에 관해선 내가 좀 너무했다는 생각이 들어서였다.

게다가 난 한번 눈에 들어온 한영이의 상태를 결코 무
시할 수 없었다. 그동안 잠시나마 내가 한영이를 못 본 체
할 수 있었단 사실이 오히려 용했다. 풍파가 몰아치는 교
실의 풍경보다도 섬처럼 홀로 떠 있는 한영이의 존재가
내게는 더 신경 쓰였다. 그런데 이미 모든 상태 이상을 해
소해주었음에도, 한영이는 좀처럼 자리에서 일어날 줄 몰
랐다.

도대체 왜 저러지?

　나는 궁금했으나 차마 자존심 때문에 다가갈 수는 없었다. 자리까지 앞줄로 바꿔 한영이의 모습을 살폈지만, 그 표정을 해석할 수도 없었다. 당연하게도, 한영이의 얼굴은 게임의 법칙대로 두루뭉술하고 또 뿌옜으니까. 오직 한영이가 내 쪽을 바라보지 않는다는 사실만 파악될 뿐이었다. 모두가 하교하는 방과 후가 되어서도 한영이는 그 모양 그 꼴이었다. 결국 내 쪽에서 화가 터졌다.

　"도대체 왜 그러고 앉은 건데?"

　나는 한영이의 앞에 바짝 다가서며 말했다. 다시 본 한영이의 모습은 전에 없이 깔끔했다. 눈동자며 입술 상태가 모두 건강해 보였고, 도대체 문제 될 거라곤 하나도 없는 듯했다.

　"내가 상태 이상도 다 해결해줬잖아?"

　"게임 안 문제가 아니야."

　"뭐라고?"

　되묻는 나를, 한영이는 싸늘하게 노려봤다. 꼭 철천지원수를 바라보는 듯한 눈빛이었다.

"여기 '선샤인 시티'의 시간은 바깥세상의 시간과 똑같이 흘러가니까. 다시 말해 리모컨을 쥔 너에게 총 3일이 흘렀다면, 게임 캡슐 안의 나에게도 같은 시간이 흐른 거야. 아무리 아바타를 깔끔하고 건강하게 다듬으면 뭐 하니. 실제 나는 로그아웃을 못 한 채 장장……."

"설마 사흘 동안 아무것도 못 먹었다는 소리니?"

"탈수 방지를 위해 캡슐 안에 내장된 탄산음료를 빼고는 전혀."

허어, 놀란 나에게서 받은 숨이 샜다. 한영이가 잔뜩 날이 서 있는 것도 이해는 갔지만, 한편으로는 좀 억울했다.

"그렇게 위급한 상황이었으면 얘기했었어야지."

"했었어, 그만 끝내달라고!"

내 딴엔 미안한 마음에 한 변명이었다. 그 말이 도리어 한영이의 화를 돋울 줄은 몰랐다. 한영이는 버럭 소리치며 몸을 떨었다. 한 번도 그렇게 무너지는 모습을 보인 적 없던 한영이었다.

그런데 한영이가 내게 그런 말을 한 적이 있었나? 로그아웃해달라고? 맹세컨대 나는 도통 그런 기억이 나지 않왔다. 하지만 동시에 알 수 있었다. 지금 한영이는 떨고 있었다. 맑은 눈동자에 깔끔한 용모를 유지하고 있는 한영이 안에, 그러니까 진짜 한영이의 감정은 이렇게 말하고 있었다.

무섭다고. 제발 여기서 자신을 꺼내 달라고.

언뜻 한영이의 눈길이 내 바지 주머니에 꽂히는 게 보였다. 쑤욱, 한영이가 손을 길게 뻗었지만, 그것보다는 나의 움직임이 더 빨랐다. 한영이에게서 물러선 나는 그길로 냅다 교실을 나섰다. 도대체 어떤 문제에서 벗어나려는 건지도 모르면서 무작정, 요령 없게도 두 다리로 바쁘게 뛰어서. 나는 도망쳐버렸다.

그날 밤. 내 방 침대 위에서 이불을 뒤집어쓴 채로, 나는 내내 한영이를 생각했다. 한영이의 리모컨을 생각했다. 그 리모컨의 원래 주인인 플레이어들에 대해 생각했다. 몰래 엿본 한영이의 프로필엔 역시나 '플레이어'라는 명칭이 적혀 있었다. 내가 한영이에게서 리모컨을 뺏을 수는 있었을지언정, 그 명칭만큼은 가져올 수 없었다. 나는 그럴 수 없는 이유에 대해서 생각했다. 내가 결코 한영이일 수는 없는 이유를, 내내 생각했다.

문득 나에 대해서도 궁금해졌다. 한영이가 그때, 방음막 안에서 무언갈 외쳤을 때, 한영이는 분명 나에 관해 이야기하고 있었기 때문이다. 나는 리모컨의 홀로그램 화면을 띄웠다. 그 안에 떠 있는 내 얼굴 아이콘 위로 조심스레 손가락을 가져갔다. 그동안은 왜인지 모를 꺼림칙함에 거의 하지 않았던 행동이었다.

톡, 화면 위로 곧 간단한 수치들과 긴 줄글이 떴다. 나는 얼핏 살펴보았던 수치 쪽은 넘기고, 곧 한 번도 읽지 않았던 줄글을 보기 시작했다.

인식 코드 '불만과 의심'. 매사에 불만과 의심이 많아 고통받지만, 이를 통해 남들보다 깊은 세상의 이치를 탐구하기도 한다. 그 외엔 특별할 게 없는 중학생이다. 자신의 숱이 얇은 직모 앞머리를 유독 싫어한다. 시간이 날 때마다 앞머리를 빗질하지만, 결코 효과는 없다.

나만의 개성이라고 생각했던 사실들이 일목요연한 설정문으로 기술되어 있었다. 반박할 여지가 없었다. 이 문장들에 따르면, 난 특별한 반론조차 제시할 수 없는 보통의 중학생이었으니까. 내 앞머리에 대해 언급할 땐 참을 수 없는 수치심마저 일었다. 하지만 어딘가 무력한 분노였다. 내가 불만을 제기해봤자, 너는 원래 불만 많을 줄 알았다는 식의 대답만 돌아올 그런 상황이었다.

그 아래로는 나의 자질구레한 기호들이나 교우관계들이 적혀 있었다. 그러나 그 무엇보다도 나를 힘들게 한 건, 설정문 가장 하단에 적혀 있는 내용이었다.

세상의 거의 모든 걸 싫어하지만, 내심 '한영이'만큼은 진심으로 좋아한다.

아마 이름 부분은 한영이가 게임을 구매한 뒤 자동으로

채워진 내용인 듯싶었다. 글귀의 하얀 불빛이 눈치 없이 '한영이' 부분에서 유독 밝게 빛나고 있었다.

그런데 내가 걔를 좋아한다고? 아니, 그럴 리 없었다. 있을 수 없는 일이지, 암. 걔가 얼마나 재수 없는 애인데? 모든 아이에게 둘러싸여서 저 잘난 맛에 살아가는 그런 애였다, 걔는. 심지어 알고 보니, 혼자만 잘날 수 있었던 이유도 다 따로 있었다. 한영이는 우리 반의 슈퍼스타 같은 게 아니었다. 플레이어라는, 천하의 사기꾼이었다.

하지만 동시에, 그 모든 비밀을 알았음에도 불구하고, 한영이에게선 여전히 빛이 났다.

희한한 일이었다. 꼭 게임의 설정 때문만이 아니었다. 한영이가 자연스레 아이들을 모았을 때, 마이너한 인디 게임에서 여행까지 다양한 화제를 꺼냈을 때. 아이들은 모두 한영이의 이야기에 귀 기울였다. 한 명도, 심지어는 나까지도 그 이야기에서 소외되는 아이가 없었다. 나는 한영이가 만들어내는 그 온건한 조화의 상태가 어쩌면 정말 좋았는지도 모른다.

아니, 그건 다 NPC인 나의 착각이었다고 치자. 그걸 다고려해도, 한영이는 나와 뭔가 달랐다. 빼앗긴 리모컨이 필요할 때도, 한영이는 결코 편법을 쓰지 않았다. 모든 진실을 밝히고 간곡히 부탁했다.

모든 게 싫은 내가 학교에 나오는 이유도 분명 한영이 때문이 맞았다. 좋으나 싫으나 한영이, 한영이. 내 머릿속은 온통 그 아이 생각뿐이었으니까. 체육 시간에도 그랬다. 그야말로 전쟁터를 방불케 하는 그 피구장 안에서, 한영이가 나를 꺼내줄 때. 꼭 정해진 수순처럼 톡, 한영이가 내 팔에 공을 가져다 댈 때. 나에게만 그렇게 해 줄 때. 그 순간이 마냥 싫지만은 않았다. 어쩌면 조금은, 특별하다고 느꼈다.

맙소사. 나는 결코 한영이를 좋아한다고 인정할 수 없으리라. 하지만 한영이가 어떤 아이인지만큼은, 이 게임 안에서 내가 가장 많이 알았다. 그 점만은 공인할 수 있었다.

그러니까 그런 아이의 불빛을, 내 손으로 꺼트려선 안 됐다.

결심이 서자 더 이상 행동을 막을 존재는 없었다. 시간은 어느덧 새벽 5시. 내 방 침대 위에 있던 나는 그대로 꾸욱, 리모컨 위의 빨간 버튼을 길게 눌렀다. 일시 정지한 세상에선 내가 주인이었지만, 로그아웃한 세상엔 아마 내가 없겠지.

여전히 그 세상이 더 진짜라는 생각 따윈 하지 않았다. 하지만 부디 그 세상의 한영이에게만큼은 내 진짜 마음이 가닿기를 바랐다. 아아, 곧 익숙한 현기증이 몰려왔다. 눈앞이 흐렸다. 어느새 창밖에서 뻗어 오는 여명이 유난히 시리게 느껴졌다. 그 감각을 끝으로, 나는 다시 정신을 잃고 말았다.

온 세상이 몽롱했다. 두서없었다. 나는 분명 평소처럼 학교에 가고 돌아왔지만, 그 어느 하루도 기억에 남지 않았다. 나는 곧 그게 목적이 없어서임을 알았다. 열심히 집과 학교를 오갔지만, 싫은 피구 경기에서도 꾸준히 살아남았지만, 거기엔 더 이상 어떤 목적도 없었다.

목적이라? 도대체 그게 왜 그리 아쉬울까? 애초에 내게 그런 게 존재했던 적이 있던가?

내가 너의 존재를 기억해낸 건 바로 그 순간이었다. 한영, 한영이라고. 한 번 이름이 기억나자 결코 지울 수 없었다. 어떻게 너를 잊고 지냈는지, 오히려 용하게 느껴질 정도였다. 나는 너를 기억해냈다. 너와 내가 관련되었던 그 일련의 사건들을 떠올렸다. 다시 생각해보니, 그 모든 건 다 내 실수였던 것 같았다.

그래서 난 벌을 받는 중인 걸까? 알 수 없었다. 어쩌면 그저 난 끊겨버린 메모리의 한 조각이 된 거였는지도 몰랐다. 너는 내게 자동 저장 시점 전으로 돌아가겠다고 말했었으니까. 너는 그때의 시점으로 돌아가 이제는 아무것도 모르는 나와, 더 이상 내가 아닌 나와 새로운 생활을 이어가고 있겠지. 어쩌면 여전히 밝게 웃고 있을지도 몰랐다.

정확한 건 아무것도 없었다. 조연 NPC로 태어나, 정해진 역할 안에서만 살아가는 인생은 나로서도 처음이었으니까. 알 수 없었다. 집중하려 애를 쓸수록 생각은 더욱더 뭉근하게 풀렸다. 모든 게 귀찮았다. 의미 없었다. 다만 한

가지 불변의 사실은 더 이상 이 세상에 네가 없다는 것. 네가 없는 '선샤인 시티'가 전만큼 밝을 순 없다는 것.

그러니까, 나는 완전한 절망에 빠져 있었다. 그리고 네가 다시 이곳에 돌아온 건, 내가 그런 상태가 되고 정확히 일주일이 지난 후였다.

그날 아침은 유난히 해가 좋았다. 교실에 들어서자 아침인데도 몸이 전혀 찌뿌둥하지 않고 뭐랄까, 이상하게 생생한 구석이 있었다.

아이들의 한가운데에서 내가 한영이를 발견한 건 바로 그 순간이었다. 한영이 역시 막 교실에 들어오는 나와 눈이 마주쳤다. 한영이는 곧장 나에게 성큼성큼 다가왔다. 다른 아이들의 의아한 눈은 신경도 쓰지 않겠다는 눈치였다. 화장실에 도착해선, 한영이는 평소보다도 더 바쁜 어투로 말을 이었다.

"병원에 다녀오고, 부모님을 설득하느라 금방 돌아오지 못했어. 혹시나 하는 마음에 게임 캡슐은 일주일 내내 켜놨어. 혹시 우리 기억이 지워지면 안 되니까. 부모님은 끝내 설득하지 못했어. 처음엔 그렇게 긴 시간 출장을 간 자신들을 탓하셨지만, 결국엔 게임 회사도 경찰에 신고했어. 하, 내가 분명 너와 먼저 대화해보겠다고 말씀드렸는데……."

"진정해, 한영아. 무슨 말인지 하나도 모르겠어, 좀 천천히."

말하며 점점 숨이 가빠지던 한영이도 내 말을 듣고 좀 정신을 차린 듯했다. 하지만 마음이 급박하다는 사실에는 큰 변화가 없는 듯 보였다.

"미안해. 나는 어쨌든 너를 만나러 다시 돌아왔다는 소리였어."

"네가 나를 왜?"

"장난해? 자기 자신을 게임 속 존재라고 인정할 수 있는 게 얼마나 대단한 일인데. 그리고 넌, 그 모든 걸 알고도 나를 구해줬잖아. 용서해줬잖아."

내가 나와는 다른 세상에 사는 자신을 진심으로 위해줬

다고. 한영이는 서두르는 와중에도 그 말만큼은 힘을 주어 또박또박 말했다. 하지만 그 여유도 그리 오래 지속되지는 못했다.

"시간이 없어, 세빈아. 우선은 이곳에서 대피해야 해. 나는 좋은 뜻을 가지고 네 사례를 부모님께 알렸지만, 부모님은 그렇게 받아들이지 않았어. 게임 '선샤인 시티'의 개발사를 고소했어. 법적인 궁지에 몰리자, 게임 회사가 내린 결정이란 건 황당하게도 데이터 폐기였고."

"데이터를 폐기한다니? 그게 무슨 소리……."

나는 더 묻고 싶었지만, 멈출 수밖에 없었다. 순간 화장실 밖 복도를 걸어 다니던 아이들이 일제히 우리 쪽을 돌아봤기 때문이다. 이상한 건 그뿐만이 아니었다. 원래는 뿌옇게 보여야만 할 거리의 아이들이었다. 지금은 아이들의 표정이 이상하게 선명했다. 분명 우리를 비장하게 노려보고 있었다.

"지, 지금 나만 이상하게 느껴지는 건가?"

"이런, 멀티플레이 모드로 전환됐구나. 설명할 시간이 없어, 일단 창문을 넘어!"

뭐라고? 무심코 한영이에게 반박하려던 그 순간. 챙그랑. 한영이는 정말 제 말대로 화장실 창문을 깨트렸다. 그것도 제 몸을 날려서 그랬다. 이제는 빈 창틀만 남은 창문 턱 위로 한영이가 버티고 앉아있었다. 한영이의 쭉 뻗은 손은 분명 나를 향해 있었다.

"안 잡고 뭐 해?"

세상에, 모범생 한영이가 지금 학교 창문을 부쉈다니. 믿기지 않는 사실이 한두 개가 아니었지만, 더 이상 뜸 들일 시간이 없었다. 뒤를 돌아보니 어느새 눈빛이 돌변한 아이들이 우리를 향해 달려오고 있었다. 꼭 좀비 떼처럼, 그들은 좁은 화장실 문을 먼저 들어오려고 맹목적으로 다퉜다.

타다다닥. 곧 밖으로 나온 나와 한영이는 운동장을 마치 치타처럼 빠르게 가로질렀다.

한영이가 리모컨으로 나와 자신의 스피드를 최대치로 올렸기에 가능한 움직임이었다. 뒤로는 주훈이며, 체육 선생님을 포함한 일군의 아이들이 우리를 바짝 쫓았다. 한영이가 뛰며 설명을 이어갈 때만 해도, 그들이 그런 속력을 낼 수 있는 이유가 여전히 아리송했다.

"실은 압수당한 내 게임 캡슐에 내가 몰래 해킹해 들어 갔거든. 그걸 어른들이 뒤늦게 눈치챘나 봐. 날 억지로 로 그아웃시킬 순 없으니, 게임을 멀티플레이 모드로 돌린 거 지. 자기들도 게임에 접속해, 그 안에서 우릴 뒤쫓으려고. 우리를, 그러니까 너를 파괴하려고."

뜻밖에 나를 이해시킨 건, 우릴 뒤쫓던 주훈이의 외침이 었다.

"워따, 가스나들이 보기보다 날래구먼? 한영 학생, 조심 해. 고거 무늬만 여중생이지 여우야, 여우!"

저게 도대체 무슨 말이야. 주훈이가 저런 말을 한다고? 내 취향은 아니지만, 그래도 우리 반에서 제일 잘생기고 로맨틱한 주훈이었다. 순간 그런 확신이 들었다. 저건, 주 훈이가 아니다. 지금 주훈이의 몸에 들어가 있는 건 게임 회사 직원, 아마도 나이 지긋한 아저씨일 것 같았다. 우릴 뒤쫓는 사람들의 이목구비가 선명해지고, 자세히 보니 은 은한 백색광이 도는 이유도 이제는 완전히 파악되었다.

그들 모두가 다른 플레이어들이었던 거다.

역시나 또렷한 모습의 체육 선생님이 운동장을 굴러다

니던 피구 공을 집어 던진 건 바로 그 순간이었다. 한눈에 보기에도 엄청난 강속구. 나도 직접 리모컨을 살펴본 적 있어서 알 수 있었다. 선생님의 경우 직업 전용 능력치까지 있어서 보통의 NPC보다도 훨씬 강한 공을 던질 수 있었다.

"크, 큰일 났어!"

나는 그렇게 말하며 눈을 감았다. 퍼억, 우리 훨씬 뒤쪽에서 강한 타격음이 들려온 건 바로 그 순간이었다. 번쩍 눈을 뜨고 그쪽을 확인했다. 거기에는 수학 선생님이 엎어져 땅바닥을 뒹굴고 있었다. 품에는 체육 선생님의 피구 공을 꼭 안아 든 채였다. 여전히 뿌연 모습이었지만, 그래도 항상 입고 있는 투피스 정장 덕에 정체를 짐작할 수 있었다.

"쿨럭, 나는 이제 더 이상, 내게 날아오는 공을 피하고만 살지 않겠어."

하지만 그 말과 달리 수학 선생님은 더 이상 몸을 움직일 수 있는 상태가 아닌 듯 보였다. 설상가상 체육은 두 번째 공을 찾아 운동장의 다른 쪽을 헤매고 있었다. 반면 다른 아이들은 여전히 추격의 속도를 유지하고 있었다. 덜덜, 한영이를 붙잡은 내 손이 저절로 떨렸다. 저들의 목적이 날 파괴하는 거라니. 저 공에 맞았으면, 내가 파괴될 수도 있었다니.

내 떨림이 전해졌는지, 한영이는 옆에서 자초지종을 설명하며 최대한 나를 안심시키기 시작했다.

"다행히 이 캡슐 안에선 리모컨이 거리 인식형으로 작동해. 플레이어들끼린 서로의 플레이를 간섭할 수 없고. 그래서 일시 정지도 멀티플레이에선 불가능하지. 그런데 넌 내 옆에 이렇게 딱 붙어 있으니, 저들이 널 막을 순 없을 거야. 지금 넌 내 책임 안이야."

하지만 체육이 드디어 두 번째 공을 집어 들었을 땐, 그런 한영이의 손에도 촉촉한 땀이 배어 나오는 게 느껴졌다. 그래도 목소리만큼은 침착하게, 한영이가 말했다.

"이럴 줄 알고 비행 신발을 준비했어. 내 손 꽉 잡아, 너랑 갈 데가 있어."

맹세컨대 화장실을 뛰쳐나온 이후로 단 한 순간도 한영이의 손을 느슨히 잡은 적이 없었다. 그런데도 한영이가 갑자기 하늘로 날아올랐을 땐, 그 손을 거의 놓칠 뻔했다. 한영이가 황급히 내 몸무게를 최소치로 낮추지만 않았다면, 정말 그렇게 됐을지도 몰랐다.

곧 우리는 새파란 창공 위로 솟아올랐다.

한때는 내 생활이 전부 이뤄졌던 학교가 점점 더 작은 장난감 모형처럼 보였다. 체육 선생님의 악의에 찬 피구공만은 어떻게든 내 발치에까지 와 닿았지만, 그것도 거기까지일 뿐. 공은 다시 힘을 잃고 아래로 떨어졌다. 물론 반 아이들, 그러니까 그들에게 접속한 어른들은 그 뒤로도 우리를 추격하는 걸 멈추지 않았다. 그 덕분이라고 할까? 나는 한영이가 보았던 풍경들을 원 없이 구경할 수 있었다.

돌핀 백화점 쪽으로 도망친 우리를 어른들은 돌고래 드론을 타고 쫓아왔다. 미리 비행 아이템을 준비하지 못한 그들의 궁여지책이었다. 그들은 아예 단톡 총 게임의 총까지 손에 넣었다. 슝슝, 날아오는 레이저 줄기를 우리는 가까스로 피했다. 회피력과 함께 공포에 대한 민감성도 높이면 몸이 더 날래진단 사실을, 우리는 이제 경험으로 알고 있었다.

"네가 이런 방식으로 날 피구장에 몰아넣었을 때, 얼마나 무서웠는지 알아?"

"그, 그건. 너야말로 원래부터 피구를 무서워하는 날 방치했었잖아!"

"그건 내가 너를 아직, 레이저다. 피해!"

무릎을 바짝 들어 올리며 레이저 광선을 피했다. 그 짬에 아래를 내려다볼 수 있었다. 그야말로 엄청난 높이에 오금이 저렸지만, 동시에 신기했다. 놀이동산부터 시가지나 호숫가까지 없는 게 없는 도시의 전경. 와아, 한영이가 보고 느낀 '선샤인 시티'는 이렇게 넓고 다채로웠구나. 새삼 그런 생각이 들었기 때문이다.

하지만 그런 여유도 오래가진 못했다. 어른들은 곧 우리의 프로필을 확인했다. 그러고는 곧 우리의 공포심을 역이용하기 시작했다.

무슨 조작을 했는지, 그들이 탄 드론의 홀로그램이 이제는 돌고래가 아닌 상어의 모습으로 변해 있었다. 딱딱, 톱니 같은 이빨을 부딪치며 다가오는 무시무시한 상어 떼였다. 그것들을 마주하니, 곧 공포의 눈물이 앞을 가렸다. 잡아먹힐 것 같아. 이대로는 너무 무서워 도망은커녕 숨도 못 쉴 지경이었다.

나는 최대한 정신을 다잡고, 핸드폰을 켜 반 아이들과의 단톡방에서 나가기 버튼을 눌렀다. 상대의 무기는 오직 단톡에 소속된 사람들끼리만 통하는 레이저 총이었으니까. 하지만 어른들은 그럴 때마다 다시 집요하게 나를 단톡방으로 초대했다. 나가고, 초대하고. 다시 나가면, 또 초대하고. 한번은 아슬아슬하게 단톡방을 나간 시점에 내 몸에 레이저가 닿아, 그대로 레이저가 내 몸을 투과해버린 순간도 있었다.

"그냥 그 핸드폰을 버려."

이대론 안 되겠는지 한영이가 소리쳤다.

"안 돼. 이거 진짜 비싼 폰이란 말이야, 엄마가 아시면……."

"아직 모르겠어? 이제 그런 건 중요하지 않단 말이야!"

한영이가 그렇게 답했을 땐, 순간 그런 생각이 스쳤다. 아, 어쩌면 나는 다시 돌아오지 못할 길을 가고 있는지도 모르겠다고. 그러니까 어쩌면 이건 한영이와 나의 마지막

비행이 될지도 모르겠다고.

그러고 보니, 한영이가 나를 어디로 데려가는지 아직 나는 알지 못했다. 하지만 이미 난 그 어떤 길이든 한영이를 따라갈 각오가 되어 있었다. 투욱, 손에서 내 핸드폰을 놓아버린 건 바로 그다음 일이었다. 너무 높은 곳에서 떨어진 핸드폰은 점점 작은 점으로 변해갔다. 어떤 충돌음도 없이 결국엔 시야에서 완전히 사라져버렸다.

"도대체 왜 거리 인식형으로 설정해 뒀던 거야? 위험하게."

어느 외진 바닷가. 물과 육지의 경계에 서서, 나는 한영이에게 그렇게 물었다. 레이저 걱정이 사라지자, 한영이와 내가 곧장 직선비행으로 어른들을 따돌릴 수 있었다. 그 뒤에 도착한 해변이 바로 여기였다. 정확히는 한영이가 쳐놓은 보호막 안이었다. 소리와 내부로의 접근은 물론, 바깥의 시야까지 차단하는 막이었다.

"그게, 좀 더 믿기는 쪽이었으니까."

곧 한영이가 부연했다.

"생각해봐. 한창 뛰어놀 열다섯 살에 인디 게임이나 즐기고, 게임 회사의 네트워크를 해킹하는 내가 도대체 어떻게 인기인이 될 수 있겠어? 내 몸 자체에서 뿜어져 나오는 매력으로? 차라리 운 좋게 리모컨이란 아이템을 얻게 되었다는 쪽이 더 믿기지. 그래서였어. 밖에선 나도 너랑 똑같은 부류라서."

한영이가 알 수 없는 소리를 했다. 한영이의 말뜻이 어려워서는 아니었다. 다만 그 한영이가, 나의 우상인 한영이가 스스로 나와 같다고 자인하는 말이 좀 낯설었다. 얼떨떨해하는 내 머리를 한영이가 털털하게 쓰다듬었다.

"나 말이야. 실은 직모야, 숱이 적고 너보다 훨씬 모가 얇은."

자길 더 낮추는 상대에게 어떻게 수치심을 느낄 수 있을까? 하지만 난 이상하게 얼굴이 뜨거워졌다. 괜히 푹, 고개를 숙였다. 한영이가 말을 이었다.

244

"바다의 이 부분 말이야, 이상한 구멍 같은 게 있어."

나는 그대로 한영이가 가리킨 곳을 봤다. 한영이의 말대로 분명 구멍 같은 게 있었다. 꼭 사람 한 명이 너끈히 들어갈 정도의 크기였다. 얼핏 물그림자 같지만 달랐다. 평범한 그림자라면 저렇게 테두리가 희끗희끗하게 빛날 리 없었다. 한영이의 빛과는 또 다른 무지개색이 모두 잠깐씩 스치는 불빛이었다. 눈을 비비고 봐도 그 빛은 사라지지 않았다. 반면, 그 안은 대조적으로 어두웠다. 컴컴한 예사의 공간과는 달리 아예 양감조차 느껴지지 않는 완벽한 칠흑이었다.

한영이가 말을 이었다.

"실수로 저기에 빠진 적이 있어. 너무 외딴곳이라 나만 알 텐데, 분명 독특한 공간이었어. 리모컨엔 좌표가 뜨지 않는데, 또 게임이 멈추지는 않았어. 왜 그런 경우 있잖아, 맵 밖으로 캐릭터가 벗어나 보통의 방식으론 게임이 끝나지 않는 경우. 나도 신기해서 어둠 속을 한참 유영하다, 강제로 로그아웃해야만 했어. 그러니까 아마도 저 공간은, 세빈이 너처럼……."

"일종의 글리치 같은 거라고?"

한영이는 깊게 고개를 끄덕였다. 그러고 보니, 어느새 한영이는 나를 사이에 두고 구멍의 맞은편에 서 있었다. 곧 한영이가 내 어깨에 손을 올렸다. 이제 나도 한영이의 의도를 모두 이해할 수 있었다. 한영이가 그 자세로 말을 이었다.

"저기 들어가면 적어도 데이터는 보존될 수 있어. 추적을 따돌릴 거야. 그러면, 내가 어떻게든 다시 너를 구하러 올게. 내 꿈은 게임 개발자니까, 언젠간 반드시 그렇게 할게. 만약 너만 동의한다면. 자신 있어, 나."

그래, 들어보니 열다섯 살의 나이에 벌써 회사 네트워크를 해킹했다는 한영이인데. 어쩌면 한영인 정말 유능한 게임 개발자가 될 수도 있겠다 싶었다.

하지만 제 말과는 다르게, 한영이 본인이 망설이고 있었다. 한영이의 손이 꼭 내면의 격동을 가둬두기 어렵다는 듯 덜덜 떨렸다. 설상가상 해변의 저쪽에선 이제 어른들이 달려오고 있었다. 여기까지 알고 쫓아온 걸 보면, 한영이의 보호막도 이미 다 파훼한 듯싶었다. 이제 우리에겐 정말 시간이 많지 않았다. 하지만 한영이는 여전히 손에 힘을 주지 못했다. 눈동자만 계속 흔들렸다.

스윽. 결국 내 쪽에서 어깨 위 한영이의 손을 쓸어내렸다. 그러곤 한영이의 반곱슬 쪽으로 내 손을 가져갔다. 이상하게 마음이 담담했다. 한영이가 오직 나를 위해 이렇게 떨고 있다는 사실이 나를 안도시켰다. 적어도 이 떨림만큼은 진짜였으니까. 내가 누군가에게만큼은 정말 특별한 사람이라는 증거였으니까.

스르륵, 곧 한영이의 결이 좋은 머리카락이 꼭 신기루처럼 내 손가락 사이를 빠져나갔다. 그래, 이런 느낌이었구나. 꼭 한 번쯤은 만져보고 싶었어. 그리고 그 감각을 끝으로, 나는 곧장 한영이가 발견한 구멍 속으로 몸을 던졌다. 한영이를 보는 자세 그대로였다. 세빈아, 외치는 한영이의 목소리가 이제는 유난히 아득하게 느껴졌다.

시간이 수십 배, 수백 배 길이로 늘어났다. 이미 충분히 떨어진 것 같은데, 나는 결코 편안히 가라앉지 못했다. 이번엔 끝이 없었다. 정신이 몽롱했고, 머릿속이 뿌옜다.

순간 덜컥 겁이 났다. 나 뭘 믿고 여기까지 떨어진 거였지? 한영이는 다른 세상의 사람인데, 어떻게 보면 우린 서로에게 몹쓸 짓을 한 번씩 했을 뿐인데. 나 왜 그 아이를 믿었던 거지? 아아, 지겨운 의심이 다시 새어 나오고 있었다. 내가 자진해서 여기까지 뛰어왔으면서, 나는 또다시 새로운 불만 거릴 찾아내고 있었다.

하지만 나는 볼 수 있었다. 여기 내 눈앞엔, 여전히 나를 내려다보는 세상이 있었다. 한때 내가 몸을 담았던 그 세상이 이제는 유독 환해 보였다. 어쩌면 단순히 어두운 데서 밝은 델 넘겨봐서인지도 몰랐다. 하필 해변이니 햇볕이 유독 강한 것뿐일 수도 있었다. 사실, 이제 사물의 구체적 형체는 모두 사라진 지 오래였다. 세상은 그저 작은 빛, 빛뿐이었다.

하지만 나는 알 수 있었다.

그 안에 한영이가 있었다. 그 아이가 오롯이 나를 향해 빛나고 있었다.